LES DEMOISELLES LA MORTAGNE

Paul-Jean Toulet

Un ménage parisien

Le crépuscule tombait sur Paris, comme de la cendre ; comme la cendre du jour consumé. Depuis le matin, sous le cruel soleil, les hommes avaient couru çà et là, aimé, haï et fait leur besogne. Puis le couchant était devenu rougeâtre, le reste du ciel gris-de-perle ; et l'heure équivoque avait tinté où les cœurs se sentent battre plus tendres et plus lourds.

Par la fenêtre ouverte, Marie-Louise La Mortagne regardait sans les voir, de l'autre côté de la place, les inégales tours de Saint-Sulpice, dressées contre le ciel comme une sombre découpure. Marie-Louise ne bougeait pas de la chaise basse où elle se tenait assise, sagement, sa jupe courte à carreaux roses rabattue sur les genoux. Car sa mère lui défendait de se tenir sur le balcon en son absence ; et Mme La Mortagne était rigoureuse envers ses filles, à qui elle enseignait durement la vertu. Certes, elle n'y apportait ni abandon, ni bonne grâce ; et la morale, dans sa bouche, avait l'air d'une de ces méthodes nouvelles qu'on a « pour apprendre l'anglais en vingt et une leçons ».

C'est qu'elle connaissait par elle-même la vanité du vice, et combien il est malaisé qu'on en tire un honnête profit. Étant de ces personnes qui font le mal, ne s'en peuvent empêcher, mais se méprisent, et que l'assurance de la rechute lasse à la longue du repentir, Mme La Mortagne gardait, par devers elle, un sens moral qui, pour avoir été violé, en mille rencontres, n'en restait pas moins aussi subtil que l'oreille d'un amateur de concerts, ou le palais d'un amateur de vins. Pour faire bref, cette mère de famille faisait un peu à travers le siècle, et toutes proportions gardées, la figure d'un janséniste, qui aurait renoncé le ciel, sans même y gagner les vaines délices de ce monde.

Parfois, quand elle avait connu une fois encore que cette dernière victoire qu'elle venait de remporter sur ses scrupules n'avait pas plus rapporté que les autres, elle disait à son mari avec une espèce de cynisme douloureux :

– Nous aurions aussi bien fait de rester honnêtes.

Mais M. La Mortagne, qui avait de la dignité naturelle, peu de chatouilles à la conscience, et, par-dessus tout, le souci du décorum, répondait, avec cet air de sévérité qu'il apportait à toute chose, comme si le métier d'aigrefin fût d'obligation le plus mélancolique des métiers, – M. La Mortagne répondait :

– Mais nous sommes honnêtes, ma chère amie. Nous sommes comme tout le monde.

En quoi il exagérait. Aussi bien l'honnêteté stricte, il ne s'y était jamais beaucoup intéressé, n'étant point de cette sorte de gens que l'infini tourmente. Il la confondait aisément avec cette chose moderne et mal définie qu'on nomme la correction, espèce de vertu à tout faire qui tient lieu tour à tour de politesse, de bonté, de savoir, etc... Au contraire, M. La Mortagne n'aimait pas beaucoup les examens de conscience de sa femme, ni cette façon un peu bien brusque et sauvage qu'elle avait parfois de dévisager la vie. Lui, préférait la contempler comme il faisait les gens : avec ce même œil de profil et un peu vague dont un dieu assyrien, dans une salle de musée, regarde passer les gens, en étranglant un petit lion. Du reste, M. La Mortagne n'était pas homme à étrangler des bêtes aussi dangereuses, à moins qu'on ne veuille comparer sa conscience à un lion. Et à supposer qu'elle eût jamais ressemblé à ces quadrupèdes grondants et généreux, depuis longtemps, sans doute, elle n'en était plus que la peau : de quoi faire une descente de lit, tout juste.

M. La Mortagne croyait bonnement avoir embrassé son passé d'une seule phrase quand il avait dit :

– Moi, je puis me vanter au moins d'une chose, c'est d'avoir toujours été correct.

Seulement, et pour médiocre que fût l'apologie, il disait cela d'un air triste, triste : comme s'il eût d'avance récité sa propre épitaphe. Outre qu'on voyait bien qu'il mentait.

Ce n'est que deux ou trois fois qu'il avait failli ne l'être plus. C'est-à-dire qu'à deux ou trois reprises il eut à redouter de près une sanction officielle de ses peccadilles.

D'abord pendant la Commune, où, poussé de quelque diable, et aussi par un amour naturel qu'il avait de l'argent, il avait joué, entre Paris et Versailles, un double jeu non sans périls. Il lui en aurait fallu peut-être chèrement payer la mise, s'il ne s'était à temps avisé de donner au Parti de l'Ordre l'adresse provisoire d'un insurgé que ces gens semblaient beaucoup tenir à voir. Grâce aux précieuses indications de M. La Mortagne, on put mettre la main sur cet homme modeste, momentanément affamé d'anonymat ; et il se trouva que c'était pour le fusiller, dont M. La Mortagne parut surpris. Et de ne l'être point lui-même, fut peut-être la seule chose qui le consola. Mais elle le consola bien, et, d'un mois ou davantage, il ne se blasa point du plaisir de se tâter les membres. À peine en eût-il ressenti davantage, d'être Narcisse devenu, tout d'un coup.

Plus tard, il eût des « ennuis » d'un autre ordre avec un ami qu'il avait dans le commerce ; et on voit par là que notre homme était malchanceux en amis. Celui-ci, qui lui avait signé une traite de complaisance (en souvenir, disait-on, de celles qu'il avait rencontrées dans le ménage), se la vit présenter sans trop de surprise à l'échéance ; et il s'apprêtait à la payer, quand l'encaisseur la fit suivre de deux autres toutes pareilles. Le négociant tempêta d'abord, jura qu'il ne payerait point, et que l'habile écrivain irait au bagne. Après quoi il paya, n'étant point capable de démêler lui-même sa signature entre les trois, et ne voulant pas courir le risque qu'elle fût protestée. C'était un marchand de la vieille roche, comme on voit ; et M. La Mortagne en demeura quitte pour un éclaircissement quelque peu vif, qui lui fut cause, encore, de se tâter curieusement pendant une semaine ou deux. Mais, cette fois, c'était sans plaisir.

Il semble, avec tout cela et un peu d'habileté acquise que M. La Mortagne dût être riche, ou, tout au moins avoir bien de l'aisance. Mais rien n'est plus faux et son ménage était sans cesse travaillé des pires embarras. C'est qu'il était joueur, et de baccara comme aux courses : « joueur comme Descartes », disait-il lui-même ; car il était cultivé.

D'autre part, il vivait chèrement. C'était une façon de dandy, M. La Mortagne ; et Mme La Mortagne, fille d'un modeste commissionnaire au Mont-de-piété, sentait jusqu'à en être pénétrée, tout l'honneur qu'il y avait pour elle à avoir épousé un homme d'autant de monde. Aussi l'aidait-elle de toutes ses forces à tenir son rang. Il n'est pas jusqu'à la recherche dans le vêtement qui ne lui parût aimable chez lui, nécessaire et presque une fonction sacramentelle. « Il faut, disait cette épouse dévouée, il faut avant tout qu'il remplisse son caractère. » – « Et vois-tu, observait-elle à Jacqueline, sa fille aînée, ton père, s'il ne menait pas un certain train, eh bien, il serait ridicule. » Et elle aurait été, pour qu'il ne fut pas ridicule, jusqu'à le faire cocu. On disait même qu'elle l'avait fait, dans les mauvais moments. Que ce fût vrai ou non, aujourd'hui il était un peu tard pour mal faire : l'âge était venu ; l'âge qui fait tomber toute chose.

Avec tout cela, M. La Mortagne continuait à dépenser cinq mille francs par an chez son tailleur, deux fois plus que sa femme et les deux petites ensemble. Pour ne rien dire de ce qu'il laissait au tripot, aux courses, ainsi que dans les grands restaurants et auberges à la mode, où il aimait à plastronner parmi les hors-d'œuvre et ce sourire d'une complicité respectueuse que les maîtres d'hôtel laissent errer sur leur lèvre grasse. Personne ne disait comme M. La Mortagne, en dépliant la serviette en mitre, et avec cette voix d'initié que prennent pour parler de cuisine les épicuriens de tous pays :

– Germain, il n'y a donc plus d'artichauts à la grecque ? Vous savez : de ces petits artichauts au verjus.

Cependant Marie-Louise continuait de regarder la nuit s'épaissir autour de Saint-Sulpice. Personne encore dans la maison, personne qu'elle et si seule dans le noir, parmi ces bouffées d'air chaud où il lui semble que tout entière elle mûrit. Mais enfin quelqu'un sonne sur le palier. Elle a reconnu le coup de sonnette, et court dans le corridor.

– Marthe, est-ce que c'est ma sœur ?

– Oui, oui, c'est elle, grogne la bonne, qui entre dans la salle à manger avec une lampe. Jacqueline derrière elle. Marie-Louise la voit et voit tout aussitôt qu'elle est pâle, pâle comme une image de plâtre, avec des yeux gonflés, tous ses cheveux en désordre, pas de chapeau et, enfin, on ne sait quel aspect général d'être fripée. Puis la bonne sort en refermant la porte de façon à faire trembler les porcelaines pendues à la trop sensible cloison et les laisse seules.

– Qu'est-ce qu'il y a, Qualine ?

– Ah ! soupire l'autre, en serrant dans ses bras la petite fille, ah ! si tu savais !...

Elle s'assied et pleure. Marie-Louise pleure aussi, sans savoir ; et, comme par sympathie, la lampe file, en remplissant d'une âcre odeur de pétrole la petite salle à manger pavoisée d'assiettes. Peu à peu pourtant, les sanglots diminuent ; Marie-Louise baisse la mèche ; Jacqueline s'essuie les yeux.

– Et maman qui va venir, observe-t-elle, non sans terreur.

– Mais enfin, qu'est-ce qu'il y a eu ?

– Non, c'est trop laid à te dire... Tu es trop jeune.

– J'ai onze ans passés, dit Marie-Louise, et tu n'en as que deux de plus que moi. Allons, dis-le moi, ma grande. Est-ce que nous ne sommes pas les deux sœurs pour le chagrin aussi ?

Elle a rapproché sa chaise basse de celle de son aînée. Elle lui pose la tête sur les genoux. Et Jacqueline en lui caressant les cheveux lui conte une vilaine histoire.

– Tu sais, commence-t-elle tout bas, le baron Legris...

– Ah oui, je sais, soupire Marie-Louise.

Elle ne sait que trop, et le baron Marius Legris (« Mario » dans l'intimité) n'est pas de ses favoris. C'est un gros homme avec des côtelettes noires, une chaîne d'or, des guêtres. Elle l'a toujours vu à la maison, ami de son père ou bien de sa mère, familier en tout cas avec tous deux.

Familier aussi, hélas ! avec les petites La Mortagne, qu'à peine au sortir de leur enfance il avait fait profession d'aimer. Il avait fallu qu'elles devinssent lourdes, l'une après l'autre, pour qu'il cessât, au moindre prétexte, de les faire sauter sur ses genoux. Car le baron s'essoufflait aisément.

Serviable au demeurant ; tapant aisément sur son gousset, mais y puisant de même : et tout ce qu'il avait de cœur il l'avait sur la main. C'est lui qui fournissait à son ami La Mortagne, à des prix demeurés inconnus, le seul bordeaux qui convînt comme ordinaire au palais et à l'estomac de ce dilettante. Ce vin venait directement, en double fût, d'une terre qu'avait M. Legris au Médoc, et Mme La Mortagne n'en buvait pas (sauf quand il y avait du monde), non plus que ses filles.

C'est lui aussi, hélas ! qui baisait tour à tour Marie-Louise ou Jacqueline, à tout propos et surtout, à leur avis, hors de propos ; et elles aimaient encore mieux être embrassées de leur père, qui d'ailleurs le faisait du même air dont on s'essuie la bouche. Elles présentent ce soir un contraste agréable : Jacqueline souple comme une chienne sloughi et laissant voir des bas écossais sous sa trotteuse demi-courte. Avec cela des yeux si clairs qu'on n'en sait pas bien la couleur, comme s'ils étaient de l'eau ; sans omettre des cheveux blond cendré, ni cette bouche longue, rouge, sinueuse, pareille à ce fleuron que, d'un trait continu de pourpre, le rubricateur habile trace à la fin de son manuscrit.

La cadette est plus ramassée, avec la jambe droite, la hanche déjà ronde et un sombre taillis de cheveux à reflets de cuivre, tandis que ses yeux laissent luire l'or indéfinissable des laques noirs. Et ceux de sa sœur ne sont pas encore tout à fait secs. De loin en loin, quelque chose s'en détache, comme une petite étoile liquide qui tombe et s'évapore sur la brillante joue de Marie-Louise.

Le baron Legris (pour achever son crayon) est un méridional doublé d'un financier, ou réciproquement. Il passe pour n'être point malheureux en Bourse, où sa méthode est le plus souvent d'agir prudemment et de parler avec enthousiasme.

– F... les autres à l'eau et voir nager, dit-il à ses intimes, tout est là. Il y a toujours dans une tempête un moment où vous avez droit d'épaves. Et alors, laisse faire Mario.

Mario est marié, mais on ne voit jamais sa femme, qui ne demeure pas avec lui. Peut-être qu'il l'a... jetée à l'eau, elle aussi, pour savoir comment elle nage. Peut-être qu'il préfère payer double et ne pas consommer. Peut-être que... Mais quand il est obligé d'en parler, il dit simplement :

– Moi, je n'aime pas à courir couplé.

Quant à Mme Legris, tout ce que les gens informés en assurent c'est qu'elle est logée avec faste et emploie les générosités intermittentes de son mari à entretenir le lustre de ses appartements. Car elle adore recevoir et un moderne faiseur de *Caractères* a écrit d'elle le couplet suivant :

« Il faut, ô Mélanie, que je vous loue. Vous paraissez surprise. Vous n'êtes point mon genre, dites-vous, ni oncques ne le fûtes, non pas même en ces jours effacés de notre jeunesse où quelqu'un vous donna pour devise : « Je suis poire, mais je suis belle. » Et pour tout dire, vous manquez de sublime. Mais c'est de cela justement que je vous loue, de votre simplicité, de votre penchant aux choses de la nature, qui se laissent toucher avec la main.

» Voilà pourquoi, vous étant mise à tenir salon, vous n'en voulûtes faire ni un bureau d'esprit, ni une de ses dangereuses antichambres de ministère où l'on se heurte à des préfets qui sentent la naphtaline. Car vous n'entendez goutte au phébus et à la politique. Mais vous aimez à voir se mouvoir autour de vous une ménagerie humaine que vous excellez à choisir, ayant démêlé tout de suite que des hommes seulement il importe qu'ils soient de bonne compagnie. N'est-ce point vous qui avez dit : « Une jolie femme est toujours assez née. » Au moins l'avez-vous mis en pratique. C'est merveille de voir ondoyer parmi vos petites tables et vos sofas toute cette jeunesse aux belles robes, et quand vous les baisez au front ou les prenez par la taille si maternellement. Car elles ont besoin de mère, pour la plupart, et de consolatrice. N'a-t-elle pas eu bien des malheurs, cette jeune divorcée à qui vous disiez tout à l'heure : « Venez demain, nous causerons plus à l'aise dans le tête-à-tête entre deux tasses de thé. Mais qu'est-ce que je dis ? dans le tête-à-tête : Et le Comte Léon qui m'a demandé de me venir baiser la main. Vous savez, ce grand fou... Au moins l'est-il de vous, ma chérie... etc., etc. » Ah ! maternelle Mélanie ! Je connais des méchants qui d'entendre cela seulement auraient dit une fois de plus : « C'est vrai que Mélanie reçoit beaucoup. Elle reçoit de toutes mains. »

À ne retenir de ce portrait de Mme Legris que la maternité, il faut avouer que cette fonction peut prendre bien des aspects et qu'elle n'est pas toujours aussi escarpée que chez Mme La Mortagne. Jacqueline en a même gravi aujourd'hui une falaise nouvelle, dont elle garde un peu de vertige.

– Alors, raconte-t-elle d'une voix basse et pressée à sa petite sœur, maman m'a dit d'aller la retrouver à cinq heures chez M. Legris, et de m'habiller toute, parce que nous irions de là chez la couturière, pour ma robe d'hiver. Même je trouvais qu'elle s'y prenait de bonne heure. Mais je ne sais pas pourquoi je te raconte tous ces détails...

– Raconte, raconte, dit Marie-Louise d'une voix sourde.

– ... C'est peut-être que j'ai peur d'arriver au bout. Je ne sais pas comment j'ai pu revenir ici ; j'ai les jambes comme du coton. Alors donc, à quatre heures et demie, j'ai pris le Panthéon-Courcelles, qui passe à Malesherbes et il était cinq heures à peine passées quand j'ai sonné chez le baron ; j'ai vu l'heure à Saint-Augustin. Tout de même, maman n'y était plus.

« – Elle est partie furieuse, me raconte le baron, et elle te fait dire de l'attendre ici, de ne pas bouger jusqu'à ce qu'elle repasse. »

« – Mais c'était à cinq heures », j'ai dit.

« – À quatre heures, petite malheureuse. D'ailleurs, elle t'expliquera ça elle-même. »

Et il avait l'air tout réjoui d'avance de l'explication, ce gros, ce gros...

– Ce gros porc, tranche Marie-Louise d'un air décisif.

– Alors il m'a dit, en continuant de promener sa langue ronde sur ses lèvres... Est-ce que tu as remarqué qu'elles sont couleur peau d'aubergine, ses lèvres ?

– J'ai remarqué, répond la sombre petite sœur.

– Alors, il m'a dit, en me donnant des petites tapes : En attendant ce que tu vas prendre avec ta mère, Qualinette, bois quelque chose, veux-tu : du sirop, du thé, du chocolat ? »

Comme maman m'a recommandé de ne jamais le contrarier, parce que ça lui donne des accès de colère, paraît-il...

– Un grand malheur, gronde Marie-Louise.

– Enfin, j'ai répondu :

« Je boirai un peu de chocolat, Monsieur, si ça ne vous dérange pas. »

« – Tu ne me déranges jamais, Qualinette. C'est que je t'aime beaucoup, vois-tu ? »

Là-dessus, une autre tape ; et il s'en va à une table où il y a toujours des choses en cuivre, des tasses, des verres, je ne sais quoi, il allume une petite lampe, et au bout d'un moment, il me sert mon chocolat.

« – Est-ce qu'il est bon ? »

« – Oui, Monsieur. » C'est vrai : il était très bon, avec la mousse, et beaucoup de vanille.

– Passe, passe, dit Marie-Louise, je n'aime pas la vanille.

« – Alors, me dit le baron, embrasse-moi, tu ne l'as même pas fait en arrivant. »

Tu comprends, ça m'ennuyait. Il est gros, il est laid, tout luisant. Et je lui ai répondu :

« – C'est que mon confesseur m'a défendu d'embrasser personne, excepté les dames, et mes parents. »

« – Mais je suis ton parent, m'a-t-il dit ; ou autant vaut. »

Et il s'est tourné vers moi, – parce qu'il m'avait fait asseoir contre lui, sur le sofa – il s'est tourné ; il avait la bouche inclinée en bas, et des drôles d'yeux ronds. En même temps, il est devenu rouge, mais rouge : pantalon de soldat. Du coup, malgré un peu peur que je commençais à avoir, je lui ai presque éclaté de rire au nez. Imagine-toi aussi : il ressemblait à un biftec à qui il aurait poussé des yeux. Mais, en le regardant davantage, je me suis arrêtée de rire, et je n'ai plus eu que peur. Lui de son côté, continuait de me regarder sans rien dire, en haletant un peu, comme s'il venait de monter un escalier ; et la tasse qu'il avait à la main tremblait contre la petite cuillère, comme si elle avait eu peur, elle aussi. À ce moment il a posé sa tasse ; et alors...

Non, reprit-elle enfin, je ne puis pas t'expliquer le reste. Bien heureuse encore d'avoir pu me sauver. Oh, quelle horreur ! Et lui qui me courait après en criant :

« – Je le dirai à ta maman ; je le dirai à ta maman ! »

– Je ne sais pas si c'est chez le baron ou dans la rue, mais j'ai perdu mon chapeau. Qu'est-ce qu'elle va dire, maman ?

Marie-Louise eut un regard singulier.

– Et alors ?

Mais Jacqueline se tut.

– Si ça n'était que pour le chapeau, dit-elle. Mais chut : la voilà !

On entendit le bruit d'un passe-partout, un pas pressé ; et Mme La Mortagne qui entrait, la main déjà haute. Jacqueline, mûrie par un long usage, déjà détournait un peu et baissait la tête. Mais rien ne vint, et, en regardant de côté, elle vit que cette personne robuste, au cheveu dru, s'était écroulée dans un fauteuil, où elle s'abandonnait à la douleur. Sans rechercher les raisons d'un revirement aussi favorable, Jacqueline alla s'agenouiller auprès de sa mère.

– Ma pauvre fille, gémissait celle-ci, en l'embrassant.

– Ah que c'est vilain les hommes, maman.

– Plus encore que tu ne crois. Si tu savais...

Mais à voix plus basse, pour que Marie-Louise ne pût entendre, elle ajouta :

– Il faudra pourtant que tu y retournes, chez le baron. Ma chérie, je
te le demande à genoux ; pense à ton père !

Et toutes trois se turent, écoutant leur peine.

Larigo

Larigo (près de Melun) ne fut longtemps, comme son nom l'indique, qu'un tournebride, un vide-bouteilles, – espèce de rendez-vous de chasse jadis bâti pour le Grand Prieur de Vendôme, qui ne chassait guère, mais buvait, le reste du temps.

Aujourd'hui, c'est en quelque sorte une ville d'eau, Larigo, encore que les seules qu'on y ait encore découvertes soient celles de la Marne ; à ne rien dire de ces nymphes pseudo-minérales que les industriels du chef-lieu tirent de leurs propres fontaines pour les emprisonner sous des étiquettes étrangères. Ô décor des tables royales, naïades bouillonnantes d'Apollinaris ; Vichy-chez-soi ; et vous, cristal de Saint-Boès, qui nous promettez le carbone, le bitume... la santé !

Quoi qu'il en soit, c'est à la fin du second Empire qu'une bande de hardis spéculateurs commença de dépecer ce qui restait de l'ancienne chasse pour y édifier des habitations de plaisance (comme ils disaient) : villas incohérentes ; chalets suisses ; cottages ; et les plus réjouissants petits châteaux... – de ces petits châteaux tellement inhabitables qu'il a fallu, sans doute, les faire venir d'Espagne. Bref la forêt peu à peu devint une commune, une vraie commune, avec un minime Hôtel de Ville, qui occupe l'ancien abat-vent des Vendôme – et avec un casino tout neuf, fait de ciment, de fer, de faïence. Mais de démêler, à travers tout cela, si Larigo est une station balnéaire, ou seulement thermale, qui le saura jamais ?

Cette villégiature est demeurée peu connue du Tout-Paris, comme aussi de ce peuple innombrable du dimanche pour qui la Porte-Maillot et Vincennes sont bien assez loin. Mais elle s'est formée en revanche une clientèle spéciale assez singulière, et aussi composite que le style de ces villas où elle se meut et respire à l'aise.

Et de même que l'incohérence de ces demeures, dues pour la plupart au même architecte, fut déterminée par le mélange de quatre styles seulement (gothique, rococo, renaissance et cambodgien), et qu'elle finissait avec le temps par suggérer on ne sait quelle unité dans la folie – de même la clientèle de Larigo, à force de se coudoyer, tournait à une espèce de Piccadilly social. C'est qu'elle aussi n'était faite que de trois ou quatre condiments.

D'abord les gens de théâtre en retraite – de théâtre, ou d'à côté – braves gens au demeurant, mais un peu Delobelle pour la plupart, et qui avaient l'air de jouer le *Demi-Monde* en tournée, tout le temps, tout le temps. On se rappelait la forte parole de Bilboquet au trombone qui ne savait qu'une seule note : « Ça n'est pas beaucoup : mais les gens qui aiment cette note-là seront transportés de joie. » Le malheur est que tout le monde n'aime pas le *Demi-Monde.*

C'est ainsi qu'il y avait là deux anciens jeunes-premiers peu connus, qui conservaient avec soin sur leur visage les airs cinglants de Delaunay. Et même quelqu'un de ces observateurs aussi superficiels que malveillants, comme il n'y en a que trop autour du vrai mérite, aurait pensé peut-être qu'ils ne les conservaient pas sans application, et comme ces gens qui consolident de leur sourcil laborieux un monocle toujours près de tomber. Ils aimaient aussi à conter comment on prend les femmes « comme il faut » (sinon comment on les garde). Mais là-dessus un ténor périmé, à qui il restait à peine assez de voix pour parler, leur tenait tête avec un accent italien fort bien imité en vérité. L'ancien comique Jaurrigue se mêlait parfois à ces controverses. Il avait pris part jadis, par des rôles infimes, à des tournées en Russie, et se donnait pour un ancien professeur de déclamation au théâtre Michel, fonctions qui avaient sans doute été spécialement créées pour lui.

On l'appelait le professeur Jaurrigue, sans plus dire ni même savoir de quoi ; et lui, avait fini par se faire une de ces têtes de vieux raseurs comme il y en a dans le théâtre de B. Bjornson. C'est pourquoi on lui voyait un chapeau vert, un collier de barbe quelque peu négligée, outre des lunettes à branches d'or qui le gênaient bien pour y voir. Et il buvait de la bière, chose détestable.

La petite Mme d'Érèse elle aussi, qui naguère avait joué deux fois la comédie dans un salon de la rue Garancière, appartenait indirectement à la tribu théâtrale de Larigo, puisqu'après tout il faut bien être d'une tribu. Et ça l'ennuyait beaucoup, comme d'ailleurs tout ce qu'on faisait là.

– Larigo, disait-elle en prenant son accent russe, c'est un endroit où on vous court.

Elle était, depuis peu, revenue y habiter une petite campagne, qui lui venait de son mari. Du vivant de celui-ci, qui était capitaine au long cours en retraite (qui n'est pas, à Larigo, quelque chose en retraite ?), cette maison se nommait : La Vigie du Large ; et le fait est que, du haut du toit, on aurait bien pu découvrir à la longue vue un horizon circulaire de trente mètres au moins. L'enseigne n'avait pas laissé de produire impression dans le pays ; et l'on avait fini, par une optique spéciale à ces lointains climats, par traiter M. d'Érèse de capitaine de vaisseau : à quoi lui ne voyait aucun mal.

Sa veuve, obsédée des souvenirs nautiques dont la maison était pleine, en avait voulu au moins changer le nom, et elle l'avait depuis peu rebaptisée hardiment : la villa de Voir-Venir.

C'est que, pour tout dire, sa situation actuelle lui semblait médiocre, et sa dernière caravane peu satisfaisante, car un de ses amis, le comte de San Buscar, lui ayant persuadé de l'accompagner jusqu'au Mexique (sa patrie), et lui-même, trouvé du désordre dans ses haciendas et ses mines d'argent, qu'il avait d'ailleurs fort négligées depuis quelques années, ce pays indubitablement exotique avait beaucoup perdu aux yeux de la jeune veuve du charme qu'elle en espérait. Du reste, il faisait froid à Mexico, qui est un peu comme Pampelune, à six lieues au-dessus de la lune. On ne s'y promenait plus sur les lagunes, vêtu de manteaux en plumes, comme au temps de Montezuma. Et enfin, Christobal, absorbé par ses intérêts, la laissait seule le plus souvent, abandon dont elle se serait aisément consolée, si la société aztèque, soit jalousie, soit vertu, ne l'eût beaucoup laissée de côté. Bref, Mme d'Érèse s'ennuya et repartit seule pour la France, chargée de quelques dépouilles minières ; mais de beaucoup moins qu'elle n'aurait voulu, et « furieuse, comme elle écrivait à Mme La Mortagne, entre tant de prétendants qu'elle avait eus, d'avoir pris le pire pour un homme ».

« Ah ! Madame, disait-elle encore, Dieu vous garde des Américains ! Songez à celui que j'avais naguère, et qui l'était, du Nord – tellement du Nord même, qu'on grelottait rien qu'à le toucher. – Inhabile d'ailleurs aux caresses, comme aux coups. Et pas un vice, avec cela, ma chère : à peine ce qu'on en pourrait inventer, dans un salon, sous un éventail de plumes noires. Mais, vous vous le rappelez aussi bien que moi : c'est celui qui m'a trompée avec sa sœur.

« Du reste, il paraît qu'ils sont un peu mollassons, chez lui ; et que c'est d'eux qu'il faudrait dire ce qu'on chantait autrefois de l'Angleterre. Pour quant à ceux du Sud, si Christobal en est un portrait fidèle, je crois que j'aimerais encore mieux l'autre, et l'autre extrême ; car il vaut mieux ne rien faire, n'est-ce pas, que de le faire mal.

« Mais, lui non plus n'est pas le seul de sa race, je le crains, s'il s'en faut tenir aux timides essais que j'ai tentés en cette ville. Ah ! quels gens pressés, mon Dieu. C'est l'amour en chemin de fer. Et ces lèvres violettes, et ces humides calots, – comme il n'y a que les chiens chez nous.

« Si vous ajoutez à cela les ennuis dont je vous entretenais plus haut (et plût au ciel que je le fusse aussi moi-même, un peu plus haut) vous m'accorderez qu'en aucun sens, ce peuple ne saurait passer pour une bonne affaire, et qu'en un mot : le Mexique, ça n'est pas le Pérou. Ah, le Pérou ! séjour délicieux, où les villes sont pleines d'amour et de silence, avec de grands murs de couvent, et des femmes furtives dont le baiser, au coin d'une rue herbeuse, est à la fois si ardent et si frais, qu'on y pense goûter d'un coup tout le soleil et toute l'ombre de leur pays. Je n'ai jamais été au Pérou, il est vrai ; mais heureuses cent fois les femmes qui en sont l'ornement.

« Mais heureuses mille fois celles qui restent en France. Ah ! Madame, ne le quittez jamais, ce beau royaume où les hommes même, à force de politesse, se font pardonner leurs durs embrassements, et savent pousser la manière jusqu'aux meilleures. Que n'ai-je su, comme vous, ignorer toujours de chimériques espoirs, et ce pays arriéré où les femmes (le croiriez-vous ?) sont si vaniteuses, impudiques et maladroites que d'ôter, quand elles se donnent, jusqu'à leurs plus secrets vêtements.

« Or, vous ne l'ignorez pas, ma chère amie, le mieux que nous ayons, corps ou cœur, nous autres femmes, c'est ce que nous ne découvrons jamais. Et faut-il être insoucieuse des plus élémentaires voluptés, pour se dévoiler, pour se désarmer toute entière devant l'ennemi. Ah ! le fade divertissement qu'une femme nue : c'est comme une charade dont on saurait le mot. Et sans doute il y a des circonstances morales où l'indiscrétion, à mesure qu'elle est poussée, devient une source de plaisirs : mais quoi tout le monde n'a pas une sœur, comme mon petit Américain.

« Excusez-moi de vous dire toutes ces choses que vous savez si bien, et, en somme, que vous n'êtes point forcée de lire, ayant sans doute mieux à faire. Mais moi, à Mexico... C'est à croire que les journées y ont trente-six heures, tant le temps s'y traîne avec indolence. Ainsi chemine, en ce moment même, d'un pas égal et balancé, l'âne du porteur d'eau, dont j'entends le maître pousser d'aigres appels, sous mes croisées, à travers le soleil criard et le vent froid.

« Ah, quand retrouverai-je Paris et ses journées qui passent aussi vite que les oiseaux dans le ciel ? La Tour Eiffel, elle-même, me semblera moins odieuse à voir, qu'éternellement à l'horizon ce ridicule pain de sucre, le Popocatépetl, aussi éteint qu'un de ces vieux messieurs qu'on rencontre à la gare Saint-Lazare.

« En attendant, ma chère amie, etc., etc.

« FLORINDE. »

Quels que fussent les torts de San Buscar, il avait juré de rejoindre Mme d'Érèse, en France, aussitôt retrouvé le bon filon ; et il faut ajouter à sa louange que, depuis leur séparation, il n'avait laissé son amie, ni sans nouvelles, ni sans quelques motifs plus solides d'espérer en l'avenir. Pour l'heure, elle restait à Larigo, où elle avait trouvé sa vieille amie, Mme La Mortagne, installée avec sa famille. Elle y était, du reste, beaucoup plus à son aise qu'à Mexico, et traitée avec tout le respect dû à la femme du monde, à peine nuancé de cette admiration plus familière qu'inspire une chère et grande artiste : tout juste ce qu'on met d'éther dans ses fraises.

Car il y avait une loi dans « la Société » de Larigo qui, à défaut de tables de bronze, était inscrite dans tous les cœurs ; une loi qui rendrait habitable le monde habité, si elle était promulguée partout : c'est que chacun fût pris pour ce qu'il désirait paraître.

C'est ainsi que M. Octave Gilevi, – qu'on aurait pu choisir pour type d'un second élément ethnique, les gens dans le commerce – que l'excellent M. Octave Gilevi, naguère encore tailleur pour dames, rue du Faubourg-Saint-Honoré, et qui avait pris sa retraite aux bords de la Marne, y était devenu l'Honorable (?) O'Gilvi, ancien diplomate, des O'Gilvi du Régiment d'Irlande (? ?). Et il avait laissé pousser ses favoris.

On peut reconnaître à ces déformations l'espèce de mirage que fait naître la présence des gens de théâtre. Eux-mêmes, on l'a vu, en donnaient l'exemple. On pourrait citer encore la vieille Clémence Cottelet, diseuse, qui aurait connu la gloire si elle-même avait été

17

Thérèsa, au lieu d'en promener des imitations en province. Ayant contracté dans la suite, grâce à diverses cohabitations, le goût de la noblesse, elle se faisait aujourd'hui appeler la marquise douairière de Baston.

– Et il ne lui a manqué dans cela, observa tout de suite Mme d'Érèse, qu'un marquisat, un mari et une bru. Quant au Baston, il est authentique : mon grand'père a connu la chaise.

C'est qu'elle n'aimait pas les vieilles femmes, Mme d'Érèse ; tandis qu'elle se montrait la bonne grâce même pour les jeunes filles. Elle poussa cette espèce de charité jusqu'à donner, soit au casino, soit chez elle, des leçons de lawn-tennis et de boston à tout un troupeau de grandes enfants court-vêtues. Quelques-unes d'entre elles portaient encore chaussettes et laissaient voir sur l'arc de leurs jambes brunies un peu de ce duvet fauve que l'âge ne détruit que trop tôt, comme on voit les premiers froids faucher les fougères.

Ces petites amies de Mme d'Érèse, dont il était plaisant, l'été, de les voir s'ébattre en mousseline à pois et en percale rayée, ou bien que le hasard de la danse fît se retrousser brusquement le bas de leur jupe, pareil à la volute d'une vague qui brise – ces pupilles donc de la jeune veuve appartenaient pour la plupart à ce qu'on pourrait appeler le groupe n° 4 de Larigo, groupe mal défini, d'origines confuses et qui jouait peut-être dans la communauté le même rôle que le style cambodgien dans l'architecture locale. On rencontrait là quelques épaves mondaines chassées, par un orage inconnu, de leur quartier ou de leur province, de leur cercle, de leur ménage – deux au trois officiers démissionnaires – d'ex-institutrices mariées, à ce qu'il semblait bien, avec des majordomes retraités – un ancien professeur de danse – un commissaire de police révoqué pour cause de bonapartisme – et quelques étrangers, comme il y en a partout dans notre malheureuse patrie. Car la France, grâce aux pays du voisinage, est comme cette fameuse auberge de Venise, pleine de rois et d'aigrefins.

Le groupe n° 3, qui était le principal pour la richesse, se composait d'hommes d'affaires, véreux en majorité. Quelques-uns mêmes, dans le tas, auraient été embarrassés d'expliquer l'emploi de certaines années de leur existence : ils en parlaient avec des paroles vagues, et comme de « l'époque de leurs voyages ».

Le baron Legris, financier, n'avait pas d'aussi gros péchés sur la conscience. Aussi était-il l'ornement et comme la fleur de cet amas de gens de Bourse... ou la vie ; et président honoraire du Cercle artistique de la Marne, espèce de tripot prétentieux qui se tenait au casino. Lui aussi avait spéculé sur les terrains, et avec son bonheur ordinaire, car les bâtisses tortueuses et versicolores qu'il fit élever se vendirent comme du pain ; ou comme cette pâtisserie même à quoi elles ressemblaient.

L'une d'elles, toutefois, ne trouva jamais de preneur. Aussi bien était-elle par trop laide, par trop compliquée, par trop hélicoïdale (pour dire le mot) ; et bâtie sur un terroir si ingrat que les orties elles-mêmes se décourageaient d'y croître. Ce bien avait pour nom : Castel des Huttes, sans que personne eût jamais su pourquoi. C'est là que Legris demeurait, au temps qu'il faisait à Larigo des séjours assez fréquents. C'est là, inopinément que vinrent s'installer M. et Mme La Mortagne, avec leur fille Marie-Louise.

Depuis que l'aînée, Jacqueline, cédant à l'objurgation maternelle, avait, avec désespoir, donné d'elle-même à M. Legris ce que cet homme deux fois mûr désirait avec l'ardeur de son âge, les La Mortagne voyaient reflorir, dans leur petit appartement de la place Saint-Sulpice, l'Abondance aux mains fructueuses, le brillant visage de la Joie, et Momus.

C'est ainsi que d'abord tout alla le mieux du monde, sauf bien entendu pour Jacqueline, dont il vaut mieux ne point décrire les sanglants déboires. (« Et certes, songeait parfois la pauvre petite, j'aimerais mieux recevoir dix raclées de maman, en échange d'une seule fois que ce vieux me caresse. Mais que je le tienne, jamais... » Jacqueline, là-dessus, faisait une grimace fort inquiétante pour le repos futur de son protecteur.)

M. La Mortagne était bien trop correct pour qu'il cherchât le pourquoi de certaines choses qui auraient provoqué, chez tout autre père de famille, une indiscrète curiosité. D'une part, les générosités incessantes du baron, et de l'autre ces allures de plus en plus évaltonnées de Jacqueline, que sa mère, naguère encore, aurait dûment relevées, – aussi bien que le nombre ou l'air nouveau de ses toilettes ; – et toutes les courses qu'elle faisait seule en voiture – pour ne rien dire des larmes continuelles de Marie-Louise, sa petite sœur, tout cela aurait pu ouvrir les yeux d'un homme moins fermement aveuglé. Combien cela le servit, une fois de plus, de ne voir la vie que de côté !

Il y a malheureusement au monde des fâcheux qui s'obstinent à regarder les choses en face, les choses surtout qui ne les regardent pas. Celles-ci étaient du reste assez visibles pour frapper les moins indulgents ; et M. Legris, si enthousiaste de sa pupille qu'il s'était mis, tout de suite après succès, à la promener partout, de théâtre en restaurant, et de joqueys en tziganes, évitait seulement, autant qu'il pouvait, de rencontrer son pseudo-beau-père.

Cela arriva une fois, au pesage de Longchamps ; et c'est là, une fois de plus, que brilla le tact de M. La Mortagne. Car il trouva cette rencontre si naturelle, si naturelle, et il le laissa si bien voir, que tout le monde aussitôt fut à l'aise. Et quoi d'étrange, en effet, qu'une fillette soit menée aux courses par un vieil ami de sa famille. Que si cette fillette a peut-être quelques plumes de trop à son chapeau, une ombrelle un peu empourprée et cinquante centimètres de face à main, ces légers écarts ne sont-ils pas de son âge, – et les Grands Magasins un tel prodige, par le temps qui court, qu'une femme avisée, comme Mme La Mortagne ne saurait moins que d'y concilier ses goûts d'élégance à la fois et d'économie ?

Mais il s'inquiéta, n'ayant pas déjeuné à la maison, de savoir pourquoi Legris n'avait point amené aussi Marie-Louise, et si elle n'avait pas été sage.

– Elle avait son catéchisme de persévérance, répondit Jacqueline. Alors maman n'a voulu laisser sortir que moi. Et le baron m'a enlevée.

– Ah ! Legris, vous la gâtez.

– Mais non, mais non, fit le financier d'un air équivoque. Et d'ailleurs je suis presque un père pour elle, étant le parrain de sa petite sœur.

– Un père, un père, reprit La Mortagne avec son sourire triste, vous voulez donc me supprimer.

– Ah ! si tous les pères étaient comme vous, ajouta Jacqueline, en regardant le baron.

C'est ainsi qu'ils causaient, tous trois, d'un air naturel. L'atmosphère argentée et froide d'un bel après-midi d'hiver papillotait sur le champ de courses, sur les casaques bigarrées, et sur la toilette claire des dames. M. Legris, qui joua un louis pour la fillette, gagna, naturellement. Puis on partit tous trois dans sa voiture. Et M. La Mortagne était sur le strapontin.

– Nous sommes en famille, n'est-ce pas, avait-il dit, en insistant pour s'y asseoir.

Mais ces fâcheux, dont il a été question déjà, ne le laissèrent pas longtemps dans le calme. Il commença d'être inquiété par quelques-unes de ces lettres anonymes qui sont, comme l'a dit Prévost-Paradol (je crois) « un trait plus vénéneux que la flèche des sauvages ». Puis ce furent de mauvais procédés à son cercle, des dos qui se tournèrent ; et de ces saluts unilatéraux que ses collègues ne lui rendaient pas plus que si c'eût été des louis qu'il leur eût prêtés. On ne sait quel dernier incident, en lui faisant (pour ainsi dire) tomber les écailles des yeux, vint l'avertir enfin que cette ignorance ne pouvait durer davantage.

C'est en des circonstances pareilles qu'on découvre le mieux le génie des gens. Celui de ce père offensé ne s'y démentit point. Son parti pris – et un fiacre – il se rendit aux bureaux de Legris, après s'être assuré par téléphone qu'il n'y était pas. Là il parla haut, insista non sans quelque bruit pour voir le baron, et finit par laisser sa carte, en disant, d'un profil solennel :

– Vous direz que c'est pour affaire – pour affaire.

Sur quoi il partit en faisant (mais point trop fort) claquer les portes.

– Je l'aurais tué, contait-il peu de temps après à son admirative épouse, je le tuerais encore – s'il me tombait sous la main.

Mme La Mortagne, soucieuse d'éviter à son mari un homicide que sa religion ne lui permettait pas d'approuver, prit le parti d'aller elle-même chez le baron. Tout d'abord, elle n'y rencontra que sa fille qui se trouvait là, par un hasard assez quotidien. À genoux, devant un lévrier russe, elle lui enseignait à donner la patte. Mais cet animal, au poil noir, non moins stupide que volumineux, ne savait, à chaque fois, que sauter sur les épaules de sa jeune maîtresse ; et elle se renversait sur le tapis avec des cris d'extase, en découvrant des bas de soie rose à baguettes d'or.

Ce spectacle n'intéressa pas Mme La Mortagne autant qu'il aurait fait tout amateur de bascules galantes et de précieux déshabillés.

– Jacqueline, dit-elle, tu abîmes ta robe.

Jacqueline qui se développait, comme on dit, de jour en jour, regarda sa mère en clignant des yeux, et répondit simplement :

– Ah ! non ; la jambe.

– Jacqueline !

– Écoute, maman ; chez nous, tant que tu voudras. Mais ici, vraiment, j'ai bien gagné le droit qu'on me laisse la paix – et ma robe aussi je l'ai gagnée. Alors… ? À moins que tu ne tiennes absolument à me faire faire des économies au baron.

Celui-ci entra à ce moment, d'un air soucieux, et sauva peut-être, en faisant diversion, Mme La Mortagne de l'apoplexie où le cynisme chaque jour grandissant de sa fille semblait près de la réduire. Tous deux passèrent alors dans le cabinet de Legris ; mais le détail de leur conversation n'a pas été conservé. Au moins un des résultats en fut-il que les parents de Jacqueline acquirent à un prix médiocre (si l'on n'y comprend la vertu de leur fille), le Castel des Huttes, et aussitôt s'y installèrent. Sur le tard, M. La Mortagne se découvrait le goût des champs, et une véritable vocation pour la pêche à la ligne.

Quoi de plus délicieux que les premiers soirs de l'été ? Les martinets volubiles tournent en criant sous le ciel assombri ; l'ombre des arbres s'allonge sur les prés, comme pour ronger l'éclat de l'herbe ; tandis que la Marne aux lentes eaux, où l'on respire déjà une plus fraîche haleine, semble ne quitter qu'à regret les bords heureux de Larigo.

Dans les jardins du Casino, la fleur de la société locale rit aux yeux comme une corbeille de belles-de-nuit. Les jeunes amies de Mme d'Érèse, aux robes roses ou d'azur (mais une d'elles, maigre, aux jambes brunes, est vêtue de jaune citron) jouent au tennis, ou causent, parfois enlacées. Celles qui jouent crient comme les hirondelles au ciel, tout en agitant leurs raquettes : celles qui se promènent deux par deux parlent bas ; et celles qui sont trois, on les entend rire et s'appeler « ma chère… ». Et la jeune veuve d'un air indulgent, couve tout son petit monde, ne gardant auprès d'elle que Marie-Louise La Mortagne, sa favorite.

– Les aimez-vous assez, ces enfants, dit la marquise de Baston. C'est à croire que vous étiez faite pour tenir une maison d'éducation.

– Ah ! si les gens tenaient toujours celles qu'ils doivent, riposta

Mme d'Érèse en contemplant la vieille dame à travers sa face à main : une robe d'épaisse soie noire bardait ces formes qui avaient bercé trois générations d'hommes ; et parmi le vacillant Parnasse de son corsage, serpentait en sautoir une chaîne d'or presque aussi grosse que celles où pendent les ancres des paquebots. C'est vrai qu'elle avait un peu l'air de ce que Mme d'Érèse voulait dire ; et il n'est pas jusqu'à cet ouvrage au crochet, toujours entre ses mains, qui ne complétât la ressemblance.

À ce moment M. La Mortagne, qui revenait de la pêche, en compagnie d'un jeune homme roux, apparut sous un panama, flanqué d'un panier d'osier, d'une ligne, d'un filet et autres accessoires. Il s'excusa de se présenter aussi négligé, n'étant entré qu'en passant.

– Mais qu'importe le flacon, ajouta-t-il, si la liqueur est honnête. Nous ne sommes pas des gens de luxe à Larigo ; nous sommes de braves gens, ce qui vaut mieux ; et corrects à notre manière.

On voit que M. La Mortagne n'avait point perdu le goût de la correction. Mais il y avait joint, sous l'influence de la nature, celui de la bonté. Ça le prenait tard, et peut-être que, comme tous les amours séniles, ça n'en était que plus dangereux. Il était bon, depuis quelque temps, d'une façon terrible.

– Et tu as fait bonne pêche, demanda sa femme.

– Peuh, quelques barbillons ; à peine une demi-friture. Mais M. Watson a été plus habile que moi. Aussi est-il mon professeur.

Il indiqua du geste le jeune homme qui était avec lui, et qui s'inclina sans répondre ni d'ailleurs ôter son chapeau. C'était un Américain. Ils étaient cinq Américains à Larigo, d'âges divers et de parentés inconnues, qui demeuraient ensemble. Et aucun d'eux, non plus que le Pape, ne savait un mot de français, ce qui compliquait bien un peu leur existence, vu l'incompréhensible entêtement qu'apportaient les onze mille habitants du lieu à n'apprendre point la langue de Longfellow.

Cependant la voix aiguë des joueuses de tennis s'était émoussée. Quatre ou cinq d'entre elles se tenaient assises en rond dans l'herbe, où elles chuchotaient. Deux messieurs en smoking passèrent en faisant craquer le gravier, et gravirent le perron du casino, où un son de cloche, peu après, retentit, annonçant le baccara, sans doute. Une étoile cligna au ciel.

– C'est curieux, ce goût que vous avez pour la pêche, observa la jeune femme à M. La Mortagne.

Celui-ci ne répondit pas directement. Il soupira, et dit :

– Ah ! la campagne, il n'y a encore que ça.

– Et le poisson, ajouta-t-elle.

Puis tous se turent ; et la nuit semblait s'épaissir avec le silence. Mais Mᵐᵉ d'Érèse, dont le bras souple entoura la taille de Marie-Louise, souriait dans l'ombre à d'invisibles images.

Les petites amies de Mme d'Érèse

Mme d'Érèse possédait un grand nombre de petites amies.

Il y avait Hondeline et Franqueline ; Marie Adour ; Andrinette de Tamarys, qu'avait engendrée, rue de la Goutte-d'Or, un père demeuré inconnu ;

Il y avait Madon M'Amoury (du grand crack Dandysson, M'Amoury and C°), qui passait pour chérir Sir Everard Dandysson, son oncle ;

Et Florize Lizerolles, dont la bouche était si petite qu'il n'en aurait pu sortir un seul gros mot ;

Il y avait Flor aux sourcils bleus, jeune fille d'origine Cubaine ;

Léonore d'Asper-Fodoas, qui marchait sur ses quatorze ans, comme sur des fleurs ;

Et Marie-Louise La Mortagne, que Mme d'Érèse aimait par-dessus toutes les autres, parce que sa mère la lui avait longtemps tenue cachée.

Or, si cette mère encline aux austérités s'était depuis peu résolue à laisser sa fille dans une société qu'elle eût autrefois honnie comme frivole, c'est peut-être que la campagne rend indulgent ; ou peut-être qu'elle y avait rencontré, dans la dévotion, de quoi distraire son âme orageuse. L'abbé Hilary, curé de l'unique paroisse de cette singulière bourgade de Larigo (sous l'invocation des SS. Pacôme et Damien) avait su tout de suite conquérir Mme La Mortagne, par une orthodoxie douteuse, mais farouche.

Il ne cultivait pas moins Mme d'Érèse, et faisait même profession de l'admirer. Il n'était ange pour lui, ni madone, au prix de cette jeune femme. Florinde, il est vrai, qui avait un filet de voix assez entraîné, chantait de temps en temps à l'office et y attirait du monde. Ce n'est pas que la minuscule église de Larigo, où l'on compte près de neuf mille âmes, ne fût pleine chaque dimanche à la messe de M. Hilary, ou de ses deux vicaires : mais il aimait qu'elle débordât.

Il ne laissait pas non plus de louer tous les soins délicats que Mme d'Érèse prenait de ses petites amies, et de les instruire comme de les distraire : c'était à Larigo un vrai soulagement pour plus d'une mère de famille que cette aimante veuve.

À la fin de mai, elle organisa, au casino, un bal d'enfants, de grandes enfants. On y avait aussi invité quelques collégiens. Mais ils étaient timides et se tenaient mal : deux d'entre eux, même (un parent de Mlle Adour et le jeune Coursin d'Asper-Fodoas), se grisèrent au buffet ; après quoi, passant devant le vestiaire où se tenaient quelques femmes de chambre, leur timidité se dissipa soudain ; et on les vit se précipiter sur cet innocent troupeau, au cri sauvage de : « Embrassons les bonnes ! », ce qui fit un peu scandale.

Aussi bien ces demoiselles ne semblaient-elles pas estimer beaucoup le supplément de distraction, qu'on devait aux potaches. Elles contemplaient ceux-ci fort méprisamment, et préféraient, pour la plupart, danser entre elles. Ou bien, assises sur des chaises contre la muraille, elles causaient, en faisant des mines.

– Croirais-tu, Madon, que le petit Lizerolles m'a invitée pour la polka ? Ce toupet ! disait Andrinette de Tamarys.

– Et tu as refusé ? demanda Mlle M'Amoury en baissant les yeux. Elle les baissait souvent sans cause, ayant l'âme rêveuse et les cils très longs.

– Refusé ! jamais de la vie. Ça fera bien trop endêver cette jonquille de Flor, qui en est folle. Regarde-la valser avec, si ce n'est pas pitié de porter des jupes comme ça, à son âge. Elle a pleuré pour les avoir, bien sûr.

– Quel âge a-t-elle donc ?

– Quinze ans à la Noël. Il paraît, d'ailleurs, que...

Ici, Mlle de Tamarys lui parla plus bas.

– Ah ! fit l'autre en rougissant ; tu es sûre ? Il y a de quoi mourir de honte. Et elle est si coquette, sa mère ; c'est pour ça, bien sûr, qu'elle ne veut pas que Flor ait des robes longues.

– Non, mais regarde-moi-la, regarde-moi-la ! On dirait qu'elle est habillée en peau de citron.

Cependant, Flor de Sçaavedra Y Castilduegno valsait avec Clément Lizerolles. La rapidité de leur danse semblait faire étinceler ses jambes nues sous une robe un peu courte en effet.

– Tiens, ton oncle qui vient d'entrer. Il en est resté comme baba de la robe jaune. À moins que...

Et Mlle de Tamarys éclata d'un rire léger. Madon, elle, devint pâle ;

ses yeux brillèrent.

– Andrinette, supplia-t-elle, non sans courroux.

– C'est bon, c'est bon, ma chère ! D'ailleurs, le voici.

Sir Everard Dandysson, qui venait d'apercevoir sa nièce, cessa tout aussitôt de s'intéresser à la danse de Mlle de Sçaavedra et s'avança vers Madon et son amie.

– Bonjour, dit-il aux jeunes filles, en leur tendant une main longue, blanche, un peu velue. Ces demoiselles ne dansent pas ?

– Mon confesseur me l'a défendu sévèrement, répondit Andrinette, en prenant un air ingénu. Et je n'aime pas danser entre femmes, comme Franqueline et Hondeline, qui ne se quittent pas depuis trois heures. Du reste, quand est-ce qu'elles se quittent ?

– Elles sont cousines, n'est-ce pas, demanda Dandysson.

Cousines ! Comme les doigts de la main...

– ... Et avec moi, reprit Sir Everard, danserez-vous, mademoiselle Andrinette ?

– Non, pas moi d'aujourd'hui. Mais peut-être Madon...

– Voulez-vous, Madon ?

– La jeune fille, qui tenait les yeux obstinément baissés, ne répondit pas. On aurait pu voir palpiter son corsage.

– Vous avez de jolis œillets, là, Madon : voulez-vous m'en donner un ? Non, vous ne voulez pas ? Écoutez : si vous continuez à désobéir, je le dirai à votre maman, qui vous privera de dessert. Ou mieux : elle vous privera de la partie que j'organise avec M. La Mortagne, et Mme d'Érèse.

– Quelle partie ? s'écrièrent les deux jeunes filles.

– Ah ! la langue vous revient. Eh bien, mon œillet, et je dis tout.

Madon en tira deux de son corsage, jaspés, déchiquetés, et que Dandysson sembla respirer avec délices.

– Alors, mon oncle ?

Mais sir Everard était tout au plaisir de ce brusque parfum, de ces corolles qu'un jeune sein avait attiédies.

– Alors, dit-il... ça sent le poivre. Quant au reste, voici Mme d'Érèse elle-même : demandez-lui.

En effet, Florinde venait vers eux, avec Marie-Louise.

– On vous voit enfin, Dandysson, fit-elle. Et d'où venez-vous, s'il vous plaît ?

– Vous voyez, répondit-il : Je suis un type dans le genre de Lothair : « I have been in Rosalinde's garden ; and she has given me a flower. »

– Comprends pas, dit Florinde, dont la littérature n'allait pas jusqu'à Disraéli.

– Mais, la partie, la partie ? demanda Andrinette.

– Eh bien, voilà : c'est une promenade en barque. Clément Lizerolles en sera ; Flor de Sçaavedra aussi, en robe jaune ; ainsi que Léonore d'Asper-Fodoas. Et il y aura un goûter sur l'herbe. Et il y aura Hondeline et Franqueline...

– Marie Adour, ajouta Mlle de Tamarys.

Le pique-nique fut au complet, Mme La Mortagne elle-même ayant permis que Marie-Louise y prit part. Son père en était, d'ailleurs, ainsi que cet Américain de ses amis, qui, à force de vivre avec les poissons, semblait en avoir emprunté le mutisme. Tous deux, pour pêcher en paix, avaient pris les devants en canot. Car M. La Mortagne supportait mal qu'on menât tapage autour de son bouchon. Et tout le monde devait à l'heure du tiffin se retrouver dans « l'île du Curé » qui était le but de la promenade.

Quant au reste des gens, deux larges barques, où ils étaient un peu en désordre entassés parmi les plaids et des couvertures, suffirent sans trop d'efforts à les emporter sur les eaux presque étales de la Marne. On s'était embarqué, pour éviter les curieux, un peu à la dérobée, un peu à la hâte, dans un abandon plein d'heureux improvistes. Il y avait là presque toutes les pupilles de Florinde, et trois ou quatre jeunes gens ; Clément Lizerolles, entre autres, qui était dans la barque de Mme d'Érèse, à côté de Flor. Celle-ci portait une robe neuve, aussi courte, toutefois, aussi jaune que par le passé ; plus jaune même ; d'un jaune incomparable, jaune-canari ou jaune-topaze, jaune-soleil, jaune d'or, jaune d'œuf... Qui le saurait dire justement ? Et sous cette gloire elle laissait paraître des bas blancs à jour, qui semblaient faits de ce papier-dentelle dont les confiseurs couvrent leurs dragées de baptême.

Madon M'Amoury (en taffetas feuille-morte, rayé de vert) était dans la seconde barque, tout près de son oncle. Le cousin de Marie Adour, qu'on appelait Georges, et qui était amoureux de Mme d'Érèse, se tenait à son côté, non loin de Florize, dont les yeux minces et verts, pareils aux feuilles de saule, l'inquiétaient un peu...

... La rivière fit un détour, Larigo disparut derrière des arbres. On vogua mollement contre une rive où ils inclinaient au ras de l'eau un feuillage presque noir. L'ombre diffuse fit paraître plus rose le visage des femmes. Obscurément, elles subirent le mystère de la forêt, comme elles en goûtaient la fraîcheur : Madon frissonna, comme si une main subite et froide s'était posée au creux de sa nuque.

L'île du Curé apparut enfin sous la haute chevelure des platanes et des tilleuls. Les barques s'arrêtèrent dans une anse vaseuse, où des cailloux, çà et là posés, aidaient mal à gagner le rivage. Florinde, en s'aidant d'une canne, passa pourtant ; une dame qui l'accompagnait fit de même ; les autres eurent peur, sans doute, et se laissèrent porter.

Clément Lizerolles, qui avait des guêtres, se mit résolument à l'eau, dont il n'avait que jusqu'à mi-jarret, et s'empara de Mlle de Sçaavedra. Par jalousie, il la portait en la tournant vers la terre ; et Mme d'Érèse fut seule, peut-être, à voir ces jambes suspendues entre les ruches de la robe comme deux pistils au fond d'une tulipe d'or. Mais plus haut, secrète flore, un peu de rose souriait.

Georges, lui, s'était chargé de la petite Lizerolles, qui, Dieu sait par quel caprice, se mit, en cours de route, à se tordre comme une anguille, en poussant de ces cris en pointe dont sa bouche menue avait le secret. On vit s'agiter, soudain, quelque chose de rouge et de noir, une torsade de cheveux sombres déroulés, des yeux brillants de colère :

– Laissez-moi, laissez-moi, criait-elle : vous me serrez !

– Georges, mon ami, laissez-la : elle tombera dans l'eau, conseilla au jeune homme, qui heureusement n'en fit rien, Sir Everard Dandysson.

Lui-même, c'était sa nièce dont il s'était chargé, ainsi que d'une enfant ; et Madon, dans l'extase, avait fermé les yeux comme pour emprisonner l'image de son bonheur. Mais, par crainte sans doute qu'elle ne tombât, il la tenait si pressée que le taffetas de la jupe en criait sous ses ongles.

Enfin, tout le monde étant débarqué, on se mit en quête d'une place propice, elle se rencontra bientôt à la lisière d'une prairie sous des tilleuls en fleurs. L'herbe était molle. Et quelques bouteilles de tisane eurent vite fait de troubler ces jeunes têtes.

Car on n'avait pas attendu, pour attaquer les paniers, que M. La Mortagne ni son compagnon parussent. Mais, au dessert, leur absence commença de surprendre ; Marie-Louise de marquer un peu d'inquiétude.

– Qu'est-ce qu'il fait donc, papa ? soupirait-elle. Et Mme d'Érèse l'embrassait pour qu'elle restât calme.

– Je m'en vais y aller voir, dit Sir Everard, qui se dirigea du côté de la rivière.

Mais, au bout de peu de chemin, il entendit, peut-être sans grande surprise, un froufrou qui le poursuivait ; c'était Madon. Un peu de champagne donne beaucoup de courage ; elle courait, elle courait... il lui semblait courir après son cœur.

– C'est moi, mon oncle. Vous voulez bien que je vous accompagne ?

Dandysson prit son bras sans répondre. Peut-être qu'il n'aurait su, tant cette petite – décidément – le troublait de son jeune amour, comme aussi de son jeune corps. Dandysson était vicieux et sentimental, comme sont d'ordinaire les hommes d'aujourd'hui. Tandis qu'il se désaltérait à cette source divine qu'est pour un homme mûr la tendresse d'une vierge, – pendant ce temps, il interrogeait malgré lui la palpitation de sa gorge, et, dans l'échancrure en carré du corsage, les méandres d'une veine couleur de ciel.

Ne songeant plus l'un et l'autre à leur chemin, ni à M. La Mortagne, ils s'étaient enfoncés dans l'île, au lieu de gagner la berge. C'est ainsi qu'ils se trouvèrent au bord d'un cirque qu'abritaient en contre-haut, des tilleuls encore.

La descente était assez brusque, mais grâce à l'appui de Sir Everard, qu'elle ne ménagea point, Madon parvint sans faux-pas au fond de ce gouffre charmant, où régnait un tertre de gazon du côté de l'ombre. La jeune fille s'y laissa choir, Dandysson auprès d'elle ; tous deux en silence.

Cependant le temps s'était mis à l'orage ; et le ciel peu à peu prenait l'apparence d'une voûte de métal. L'éclat fantomatique en pénétrait jusque dessous les tilleuls, dont l'odeur saturait l'air chaud. Sous cet étrange reflet, Dandysson regardait une nouvelle Madon ; les reflets cassants de sa jupe, un peu de vert pâle à sa ceinture, à son chapeau, et cette lumière de mirage, tout cela faisait d'elle une chose éclatante et nuancée, comme une fleur de serre : à qui ressemblait-elle donc ainsi ? Ses regards pénétrèrent plus avant, pour se rappeler. Mais de les sentir errer ainsi parmi son corps, comme si ce fussent des abeilles et elle-même toute nue, Madon eut honte, et devint rose – plus rose qu'à l'ombre d'un rosier.

– À quoi pensez-vous, mon oncle ? demanda la jeune fille, que l'orage, en approchant, commençait d'inquiéter.

Dandysson sortit de son rêve.

– Je pensais, dit-il, à ces œillets que tu m'as refusés l'autre jour – et laissé prendre.

– Je n'en ai pas aujourd'hui.

– Ils étaient pareils à ta bouche.

– Mais vous ne voudriez pas, je pense... (Ah ! un éclair... avez-vous vu ?)

– Est-ce que tu me la donnerais, Madon ?

Madon se rapprocha un peu ; et, la tendant vers lui :

– Embrassez-moi, dit-elle.

Dandysson était en train d'obéir, quand un nouvel éclair, accompagné, cette fois, du plus éclatant tonnerre, jeta la petite entre ses bras. Et lui, qui la sentait frémissante du double émoi de la peur et de la tendresse, s'était repris à la caresser. Cependant les éclairs se multipliaient dans un ciel couleur d'encre.

– Ah ! j'ai peur, soupirait Mlle M'Amoury. Serrez-moi bien, j'ai peur... mon oncle... je vous aime.

– Et pourtant, murmura-t-il, tu ne m'as donné qu'un œillet aujourd'hui.

La jeune fille, sans répondre, tourna vers Sir Everard l'ombre de ses yeux, comme pour lui demander grâce. Mais quoi, était-il en l'état de la faire à une aussi touchante victime, ou maître encore de ses

mains ? Et peut-être avaient-ils violé déjà plus d'un mystère, –
quand tout à coup, derrière eux, plus haut que les grondements de
l'orage, retentit une clameur nombreuse.

Madon bondit sur ses pieds ; Sir Everard se retourna à demi, et tous
deux aperçurent, rangée au bord du cirque, la foule de leurs
compagnons qui, depuis longtemps sans doute, les épiaient. Mme
d'Érèse, un bras à la taille de Marie-Louise, feignait de les juger fort
comiques, tandis que l'Américain, qu'on avait retrouvé à la longue,
observait un silence stupide. Mais M. La Mortagne, récupéré lui
aussi, riait de profil, avec un œil lugubre ; et son rire triste et sec
ressemblait à celui des pintades. Quant aux petites amies, elles
piaillaient toutes, et semblaient si hors d'elles que les collégiens
enhardis resserraient leurs approches.

Peu à peu pourtant le silence se fit.

Alors Sir Everard, non sans un peu d'accent anglais, comme il lui en
venait toujours avec la colère :

– Très heureux, dit-il, de vous rencontrer. Et laissez-moi, à cette
occasion, vous présenter lady Dandysson.

À ce coup les rieuses auraient dû passer du côté de Mlle M'Amoury ;
mais au contraire, sur leur visage, à presque toutes, perçait le dépit
de voir faire un beau mariage à une autre. Or, Sir Everard était très
riche.

– Moi, je le trouve vieux, murmura pourtant Hondeline.

Franqueline aurait peut-être répondu quelque chose, si un
effroyable coup de tonnerre n'avait à ce moment retenti. Du même
coup les nuages crevèrent.

– Il ne faut pas rester sous les arbres, cria Mme d'Érèse. Là-dessus,
chacun de se sauver dans les prairies en désordre. Les uns criaient ;
l'Américain riait d'une façon inintelligente ; Flor se signait ; et
bientôt tout le monde fut mouillé jusqu'aux os.

Ainsi toute cette jeunesse fort retroussée courait vers les barques ;
Andrinette coiffée de sa robe rose ; Marie Adour qui, pareille à
Jason, avait laissé un de ses souliers dans une flaque ; l'Américain
dont la plante spatuleuse éclaboussait le voisinage ; Madon, au bras
de son oncle, et, toute rouge de honte, de plaisir, de courir.

Mais, c'est la jeune Cubaine, surtout, qu'il fallait voir, avec sa robe d'or qui lui plaquait en haut des jambes. Jamais on ne connut mieux la parcimonie d'une mère qui la laissait, pour tous dessous, réduite à sa naturelle beauté. N'importe, et, dans sa fuite encore, elle restait belle ; tandis qu'au hasard de ses charmes trahis, çà et là, l'étoffe se teintait de ce même rose qui pare les pommes mûrissantes.

Oui, je le jure, telle qu'on s'imagine Diane aux beaux genoux, en avant de ses chiens, ou Thétis qui jaillit d'une mer écumeuse, Mlle de Sçaavedra, déesse naturellement, se hâtait vers la plage, insoucieuse que, toute, on la put voir. Et ce jour-là, certes, à peine un peu d'elle demeura-t-il secret, tant on eût dit, découverte de la sorte jusqu'en ses moindres détours, que ce fût l'ouragan lui-même qui la sculptait nue, et vivante.

Les écoles du vieillard

Depuis que le baron Marius Legris avait appris aux pieds de Jacqueline la douceur de ne plus savoir dire non, cette petite fille lui faisait goûter tous les dégoûts d'un bonheur en train de tourner à l'aigre.

Une terrible conquête qu'il avait faite là, le vieux agioteur ; et dont tout le succès s'achevait en sa propre servitude. Ah ! tout n'était pas roses en Jacqueline, quoi qu'on en pût, chez elle, découvrir beaucoup.

L'autre jour, encore, devant ce bellâtre de Rosedascù, son professeur de piano, ne l'avait-elle pas fait mettre à quatre pattes : et non pas même pour le chevaucher, à l'instar de la maîtresse du Stagirite, mais bien pour qu'il cherchât sous les meubles une bague qu'elle prétendait avoir perdue. Tandis qu'il cognait contre le pied des tables ou des consoles sa tête rouge et blanche, peut-être qu'eux se donnaient des baisers. Et qu'on s'embrassât ainsi sur son dos « comme dans *Boccace* », Marius se sentait maigrir le cœur à ce soupçon : néanmoins il n'osait pas regarder en arrière. Quand il se retourna, enfin, après avoir toussé, et en disant : « Je ne trouve rien, mon chéri », n'était-ce pas un sourire qu'il surprit sur le visage du joli pianiste ; de ce croque-notes que Jacqueline l'obligeait à traiter avec politesse, alors qu'il aurait tant aimé mieux le combler de coups de canne.

– Ah ! songeait-il en se relevant avec peine ; ah, le Lautar, le Slovaque ! le Bougre ! !

Ce n'est pas du premier jour que Mlle La Mortagne avait atteint à ce comble d'impudence. Mais qu'il était loin, ce premier jour, où pour une fois échappée au baron, et plus endolorie encore que la fleur du pourpier foulée par un rustre, elle tremblait, aux bras de sa petite sœur, du péril passé, des périls à venir. Ils étaient venus, en effet ; et Jacqueline, devenue bientôt la maîtresse du financier : son père avait tant d'ennuis (des ennuis d'argent).

M. Legris connut, à cette époque, une espèce de lune de miel, surtout lorsqu'il eut relégué les La Mortagne loin de Paris : ce qu'il prenait, mais à tort, pour de l'habileté. Il commit d'autres fautes.

Jacqueline, qui était presque une enfant encore, avec cela pas très grande pour son âge, le baron imagina, pour en rehausser la verdeur, de lui donner une institutrice anglaise, espèce de louve qui avait des dents à croquer deux chaperons rouges. Son élève eut vite fait de la réduire aux fonctions de femme de chambre, ou même pis : elle y fit merveilles, servile et grincheuse comme elle était ; pudibonde avec cela, ce qui doublait chez Jacqueline le plaisir de se tenir mal en sa présence, voire indécemment. Mais elle en usa surtout pour jouer à la maîtresse de maison, et y aiguiser en quelque sorte son jeune pouvoir ; comme un canari se sert d'un os de seiche.

Le baron ayant voulu, mais trop tard, y objecter, Mlle La Mortagne déclara que, « si on la poussait à bout », elle ajouterait à la livrée un nègre avec un oiseau vert : n'importe quel oiseau vert, mais avec un nègre.

– Il sera svelte, continua-t-elle, robuste et très beau, comme le roi Mage Melchior. Et puis il y aura un nain, en velours jaune, avec un kodak en bandoulière. Et puis il y aura un homme-réclame, avec un monocle et une chemise sale qui criera, quand nous descendrons devant les restaurants : « À onze heures, au plumard, le baron Mario dans son répertoire ! »... Et puis il y aura un spahi sénégalais... et puis il y aura...

Le baron Mario prit la fuite. Et s'il avait su que le spahi au moins n'était pas tout à fait un mythe, Jacqueline en ayant, chez le concierge, remarqué un qui demeurait dans la maison ! Elle savait même son nom : Guillaume de Crissey ; et qu'il avait naguère été lié avec sa vieille amie Mme d'Érèse.

Mais tout cela n'était encore qu'un début timide. À deux mois de là, Jacqueline parlait argot, avait des correspondances à la poste restante, se faisait caresser par son coiffeur. Six mois après, c'était le naufrage ; c'était M. Legris écrivant à sa pseudo belle-mère :

« Madame et chère amie,

« Que ne puis-je vous donner un nom plus doux, qui, en homologuant, pour ainsi dire, les sentiments tout filiaux que j'éprouve envers vous, donnerait un caractère non moins officiel à ceux que je nourris pour Jacqueline, et qu'il me faut bien réduire à une tendresse presque paternelle. Mais à quoi bon caresser cet impossible rêve ? Vous savez aussi bien que moi la maudite existence qui s'y oppose, et que la baronne, de pure rancune, n'a jamais cessé de s'opposer à notre divorce.

« À défaut donc de cette autorité que la loi me refuse sur votre fille, et que son cœur, hélas, ne paraît point prêt de me laisser prendre, il me faut bien recourir à la vôtre. Vous l'avouerai-je, j'en suis presque à regretter le temps jadis, votre logis de la place Saint-Sulpice, où je vous la voyais reprendre si fermement au moindre de ses caprices, – ou des vôtres – que sa plainte en incommodait le voisinage. Déjà on la devinait indomptable, capricieuse comme un cabri, et toute entière à l'audace de ses rêves. Vous rappelez-vous ce soir qu'elle sanglotait dans un coin, et comme je n'ai vu qu'elle sangloter, sans une larme : « Voyez, me dites-vous alors, toute cette rage, qu'elle a ! Mais de vrai chagrin, point ; et, quant à la vergogne, c'est une langouste : il faudrait la faire cuire pour qu'elle rougît. » Hélas, je ne sais pas la cuisine ; quoique jamais, peut-être, il n'y ait eu si belle occasion de lui faire monter aux joues deux doigts de honte.

« Que n'êtes-vous ici, madame, pour la remettre à son devoir, et lui rappeler tout ce que ce mot devrait envelopper pour elle d'obligations à mon égard. Non certes que je me veuille targuer des services rendus – de ceux que je puis rendre encore – je ne parle ici que des naturelles obligations d'une enfant envers un homme mûr.

« Vous savez, madame, mieux que personne si mes intentions furent droites ; et n'avez point eu égard là-dessus aux injustes préventions de M. La Mortagne. Mais c'est pour cela même que les ridicules d'un père me suffisent. Puisque c'est le rôle de Géronte que je tiens, j'ai droit de n'être pas traité en Sganarelle, par-dessus le marché.

« Quelle figure me fallait-il faire, l'autre matin, ayant pénétré à l'improviste chez elle, d'y découvrir à son côté ce M. de Crissey qu'elle connaît je ne sais comment (vous aussi, je crois) – en spahi, bien sûr, avec sa chechia, son boubou, son langouti, tous ses je-ne-sais-quoi et autres hardes de défroque qu'il devrait être interdit de porter en France. Et pensez-vous qu'ils se troublèrent ? Nullement. Ce lansquenet lui-même avait l'air de me mettre à l'aise. Il se mit à phraser : « Mademoiselle, me dit-il, lui avait fait l'honneur de désirer qu'il l'instruisît aux choses d'Afrique...

« Et il ajouta, en riant d'un air bête :

– Cosas de Africa.

« Quoi, Cosas de Africa ! Qu'est-ce que ça veut dire ? Je vous le demande. Et Jacqueline qui riait aussi !

« Enfin, il daigna prendre la porte ; mais il est revenu, je le sais, j'en suis sûr, je le parierais ! Et, avec lui, le coiffeur ; et, avec le coiffeur, Rosedascù, le pianiste ; et qui sait plus ? Mais j'ai quelque répugnance à vous en écrire plus long là-dessus – à vous sur qui seule je compte pour remettre un peu d'ordre chez moi, – et en moi, s'il se pouvait.

« En attendant, chère amie, etc.

« Baron Legris. »

Marius n'exagérait pas, et au contraire. Presque aussitôt attelée, si on peut dire, Jacqueline lui avait gagné à la main : et de moins en moins, elle sentait le mors.

C'est que M. Legris ne l'avait pas épousée avec plus de douceur que tout autre épouseux n'aurait fait. L'ayant payée à qui de droit, il en avait usé selon l'usage, malgré sa douleur et son épouvante. Quoi de plus ordinaire dans le mariage, ou à côté ? Depuis qu'il y a des hommes, et qui dépensent, ne s'achètent-ils point, de l'un à l'autre leurs filles, à de variables taux ? Cela se nomme la « Tirhatou », dans ce beau code en pierre noire que le roi Hammourabi a légué au Musée du Louvre.

Mais il arrive que les filles des hommes se vengent. Jacqueline y faisait bien ce qu'elle pouvait ; et le meilleur moyen lui en ayant paru de tromper beaucoup M. Legris en le rendant ridicule, elle le trompait beaucoup, et le rendait ridicule. Toutefois, n'y goûtant encore aucun plaisir, en dehors de la vengeance, elle craignait de ne le point tromper parfaitement.

Au delà de cette corvée, qui la laissait toute fourmilleuse, mais voilà tout, elle devinait quelque chose, qu'on appelle la volupté, quelque chose qui a fait verser les plus belles larmes sous le ciel. Elle avait mis tout son cœur à la poursuivre jusques aux bras déjà de plus d'un jeune homme, mais en vain. C'est dans une espèce de mariage blanc qu'elle connut tour à tour le spahi Guillaume de Crissey ; et Rosedascù le pianiste ; et un cousin tout rouge de sa gouvernante anglaise, et peut-être d'autres encore : tout cela en six mois. Cette bonne amie d'un Afrite, dont parlent les Mille et une Nuits, qui se couchait au moindre passant, la surpassait à peine par l'improviste de ses caprices ; et au moins y goûtait-elle quelque plaisir, pour tant qu'un homme en puisse être la cause après un géant. Ah ! que l'homme est petit : aussi petit que le monde.

Le mariage de Mlle Madon M'Amoury, une de ses camarades d'enfance, avec un riche Anglais, sir Everard Dandysson, exaspéra encore les rancunes de Jacqueline.

– La voilà Milady, songeait-elle. Milady Madon, est-ce que ça ne donne pas chaud ? Moi aussi je serais baronne, sans cette vieille harpie qui ne veut ni crampsir, ni divorcer. Alors, qu'est-ce que je pourrais bien faire ?

Elle chercha, elle trouva ; et qui l'eût rapporté à Marius, ce qu'elle avait trouvé, il s'en serait tenu les côtes. Comme l'ont dit deux auteurs célèbres : il faut rire avant d'être heureux, de peur d'être obligé d'en pleurer.

C'est à ce moment que la lettre du baron tomba au milieu du paisible bonheur des La Mortagne, comme une pierre dans une mare à grenouilles. Le père de Jacqueline d'ailleurs, et sa sœur, en furent quittes pour quelques éclaboussures, Mme La Mortagne ayant gardé par devers elle le plus gros du réquisitoire. Ce n'est qu'au curé de Larigo qu'elle s'en ouvrit, et encore avec les réserves qu'on devine. Cet ecclésiastique, dont le zèle était parfois indiscret, n'aurait pas demandé mieux peut-être, s'il avait pu quitter sa cure, que d'aller prêcher Jacqueline. Il se contenta d'en prier un prêtre arménien qu'il connaissait à Paris, personnage jadis fort poussé par la Nonciature.

Sous la robe de laine blanche qu'il portait par on ne sait quel privilège, et son chapeau de feutre gris de perle à glands rouges, avec sa face de levantin demeurée jolie et rose, M. d'Artaxia était bien l'être qui convenait aux repentirs de Magdeleine. Souple, théâtral avec cela, et du reste plus fin que profond, c'était l'homme des purifications hasardeuses ; et il en avait reçu le surnom de : Papier d'Arménie. Mais peut-être était-il inégal à la tâche un peu bien difficile dont on le chargeait aujourd'hui.

Tel quel, l'abbé s'en fut sonner, place des États-Unis, au premier d'une vaste demeure, chez le baron Mario. C'est Jacqueline elle-même qui vint ouvrir, tout en s'entretenant avec son lévrier russe.

– Tiens, lui dit-elle, ce n'est pas Walther. Tu vois, c'est un curé en blanc. Monsieur l'abbé, si c'est à M. Legris que vous en avez, il est sorti, et tous les domestiques aussi – et Barbara aussi. Il ne reste que moi, avec Olgo, le chien du steppe (à bas, Olgo, à bas !) – et l'oiseau couleur prairie. Voulez-vous le voir ?

– Mademoiselle, en vérité... je ne sais pas... (Elle est un peu folle, se dit-il ; mais bien gentille – et pas fière, avec ça.)

Et il suivit, à travers l'antichambre, et un corridor, jusque dans une petite pièce sans doute dévolue à l'oiseau couleur prairie, meublée comme elle était de cages, auges, mangeoires, etc. Et d'oiseau, il n'y avait point ; mais on voyait par une fenêtre ouverte sur le square, se balancer la cime des arbres.

– Maman ! Béryl est parti, s'écria Jacqueline. Il faut le poursuivre. Venez, monsieur l'abbé.

Et, sans mettre de chapeau, entraînant par la main le prêtre trop surpris pour résister, déjà elle était dehors, fouillant les marronniers de l'œil. M. d'Artaxia, tout droit dans sa robe blanche, lui aussi, interrogeait le feuillage. De temps en temps elle levait les bras au ciel ; ses cheveux s'étaient dénoués, roulant leurs boucles épaisses plus bas que ses reins. Et, le stupide Olgo près d'elle, remuant la queue, à eux trois ils faisaient un spectacle.

Enfin elle aperçut Béryl en haut d'une branche, où cet oiseau, d'espèce d'ailleurs inconnue, semblait s'être assoupi.

– Ah ! le voilà, le voilà, monsieur l'abbé. Il faut aller le prendre.

– Mon Dieu, mademoiselle, fit l'abbé, je ne sais pas si vous vous rendez bien compte combien ma robe me gênerait...

– Par exemple ! dit Jacqueline : il n'y a qu'à se la mettre entre les jambes. À la campagne, moi, je grimpe très bien comme ça. Tenez.

Elle s'apprêtait à pousser jusqu'en haut de l'arbre sa leçon de choses quand l'abbé d'Artaxia la retint par le bras.

– Nous ne sommes pas à la campagne, dit-il ; et peut-être trouverait-on dans l'entourage quelqu'un qui vous remplacerait.

C'est qu'un peu de monde, cependant, s'était groupé autour d'eux ; trois ou quatre jeunes gentlemen, entre autres, qui revenaient de jouer au « fout'beigne » sur les fortifs, mais qui en avaient bien l'air.

– Quelqu'un de vous, leur demanda M. d'Artaxia, irait-il chercher cette bête verte pour cent sous ?

Les hommes de sport se consultèrent.

– Cent sous, murmura l'un d'eux : paraît que ça leur rapporte aux ratichons de refiler des mominettes. Déjà que je les avais mar !

– S'agit pas de ça, dit un autre. Et plus haut : moi, je veux bien, ajouta-t-il, mon archevêque. Mais, est-ce qu'y va pas s'envoler, la volaille ?

– Non, dit Jacqueline : c'est une bête très bête, qui n'est pas d'ici, et qui dort toujours. Tout le monde la prend – même son nègre, quoiqu'il l'aime pas.

– Quel nègre, demanda l'abbé.

– Son porteur, donc. Que voudriez-vous qu'on fît d'un oiseau vert sans nègre ?

À ce moment, le grimpeur, qui avait atteint le sommet de l'arbre, ôta sa casquette et en coiffa Béryl, qui poussa un faible cri. Puis, le saisissant par les pattes, comme un poulet, il redescendit toucher sa pièce. Et Jacqueline déjà, qui avait repris l'oiseau, cherchait, avec de grands cris, à le faire embrasser par son chien.

– Béryl, Béryl ! Olgo !

M. d'Artaxia commençait à s'impatienter.

– Peut-être, dit-il un peu sèchement, vaudrait-il mieux ne pas rester ici tout le jour.

– Ah ! mon Dieu, vous êtes fâché, s'écria la jeune fille qui fit des yeux chagrins et tendres. Eh bien, rentrons.

– Mais M. Legris n'est pas là ?

– C'est donc à lui que vous avez affaire, reprit-elle en coulant sur le prêtre un regard candide, couleur d'eau. M. d'Artaxia baissa sans plus répondre ses paupières sinueuses, et suivit encore, – jusque dans un boudoir héliotrope, où il s'assit.

– Vous vous demandez peut-être, mademoiselle, commença-t-il, ce que je suis venu.

– Ah, mon dieu, non, interrompit Jacqueline. Je n'ai fait que penser à cet oiseau. Mais me voici toute ouïes. Et, de la main, elle rabattit ses oreilles, dont la conque était semblable à un coquillage.

- Je vous suis délégué par Mme La Mortagne...

Le visage de la jeune fille s'assombrit.

- Ma mère ! Et qu'est-ce qu'elle veut encore ?

- Pardonnez-moi d'aller droit au but. Elle pense que peut-être vos... vos égards envers l'homme respectable qui vous a... recueillie.

- Recueillie, murmura Jacqueline, qui, pâle tout à l'heure, rougissait peu à peu, telle qu'à l'aurore la neige d'un mont.

L'abbé continua :

- ... ne sont pas toujours ceux que requiert la... la décence.

- La décence ! siffla Mlle La Mortagne soudain debout, et comme dardée vers le prêtre. Un instant, il pensa revoir, enfant arménien, quelqu'une de ces couleuvres qu'à la tombée du jour faisait jaillir, au bord d'un chemin rose, la molle approche de ses pieds nus dans la poussière.

- C'est maman qui parle de décence, ou le baron ? D'ailleurs ça se vaut. Ai-je rien fait, moi, que ce qu'ils ont voulu ? À eux deux, ils m'ont formée. Et comment !

- Je ne vous demande pas de confidences, objecta l'abbé.

- Mais si maman vous envoie me chapitrer, il vaut mieux que vous sachiez les choses. Je suis sûre qu'elle vous a fait le boniment du vertueux tuteur, et de la petite fille soumise. Ah ! soumise, c'est bien le mot !

M. d'Artaxia ayant compris, salua avec un peu d'épouvante.

- Quel âge avez-vous donc ? demanda-t-il.

- Il y a deux ans et demi, je faisais ma première communion, à Saint-Sulpice, en blanc. Aujourd'hui – toujours en blanc – je fais la fête. Et je m'amuse, monsieur l'abbé, ah ! je m'amuse – si vous saviez !

Elle éclata de rire, mais presque aussitôt en sanglots. Et, se laissant glisser sur le tapis, agenouillée comme à confesse, elle cacha dans la soutane blanche, un visage brillant de larmes.

M. d'Artaxia, prêtre libre, ne fut point sans en ressentir de l'embarras. Cette nuque duvetée, elle aussi, ces reins, tout ce corps onduleux dont la tiédeur pénétrait jusqu'à lui, il allait se résoudre à en repousser le péril trop aimable, au risque de paraître discourtois, quand on entendit battre des portes, puis retentir des pas de l'autre côté.

Jacqueline sauta sur ses pieds. Une expression singulière remplaçait sur son visage, sans qu'il en devînt plus joyeux, le chagrin de tout à l'heure.

– C'est lui, dit-elle, et de mauvaise humeur, je pense ; mais tant mieux. Il y a un plat que je lui chauffe depuis longtemps, et, le plus drôle, c'est que la baronne est de moitié avec moi. Puisque vous êtes là, j'en vais profiter pour le lui servir – que vous puissiez tout redire à maman.

Et ouvrant la porte qui donnait sur le grand salon :

– Papa l'Agio, continua-t-elle, vous pouvez entrer ; il y a du monde. Et ne faites pas la tête : c'est de la part de votre amie maman.

M. Legris entra d'un air furieux, à la fois, et dompté, sous les yeux fixes de Jacqueline. Elle faisait ainsi songer à une dompteuse – une jolie dompteuse pour peaux de tigre et autres descentes de lit. Quant au baron, en reconnaissant un prêtre, il se rasséréna quelque peu. Car il était voltairien, c'est vrai, et détestait l'Infâme ; mais il était amoureux bien plus encore, et ce qu'il rêvait d'écraser avant tout, c'était les flirts de Jacqueline. Il aimait mieux se dire : flirts, qu'amants ; et qu'il aurait aimé, mieux encore, s'en croire !

Cependant M. d'Artaxia s'était présenté lui-même.

– Mme La Mortagne, expliqua-t-il, n'ayant reçu, voilà longtemps, aucunes nouvelles de sa fille, ni de vous-même, monsieur le baron, m'a fait prier par M. le curé de Larigo de m'assurer s'il n'était arrivé mal ni à l'un ni à l'autre.

Le baron s'inclina en manière de rendre grâces. Jacqueline qui, au contraire d'une heure avant, semblait toute accablée de nonchalance, à demi renversée dans sa bergère, regardait le banquier de son air le plus diabolique.

– Jacqueline, dit-il avec ce mélange d'irritation et de servilité qui lui était propre envers elle, Jacqueline, tenez-vous !

Mlle La Mortagne bâilla doucement derrière une main pointue où étincela le quintuple onyx de ses ongles, et leva les genoux un peu davantage. M. d'Artaxia baissa les yeux.

– D'ailleurs, dit-elle, tout ça c'est du battage. Maman a envoyé l'abbé pour qu'il me flanque un savon. Pourquoi pas des claques ? (Et encore, de lui, peut-être que je me laisserais faire.) Car il paraît que je vous rends malheureux, papa.

Marius murmura quelques paroles indécises... tristes lambeaux.

– Vous l'entendez, monsieur l'abbé, qui me proclame la plus dévouée des pupilles !

– Certes, mademoiselle, je...

M. d'Artaxia s'interrompit pour contempler avec une surprise mal édifiée Mlle La Mortagne, qui entre tant, avait sauté sur les genoux de son « papa » et le tenait embrassé. La journée était chaude, Jacqueline, palpable, presque immédiate, sous cette pellicule de soie qui semblait faire tout son vêtement. On aurait pu voir alors M. Legris devenir rouge, très rouge ; puis orangé, à cause de sa bile. Ses cheveux courts et blancs avaient l'air, en haut de sa tête, d'un peu de givre épargné par le soleil d'automne sur un éclatant giraumon, qui tout seul, au fond du jardin, éclate d'or et de cinabre.

L'abbé, qui ne savait pas interposer des métaphores entre lui et le monde extérieur, pensa qu'on s'y tenait décidément aujourd'hui de façon malséante, et, d'un air un peu froid se leva pour prendre congé.

Avec quelque effort, le baron fit comme lui et reprit son calme. Mais il était manifestement fatigué de l'esprit comme des sens.

– Quoi, articula-t-il ; vous ne partirez pas comme ça, monsieur l'abbé, sans causer. C'est cette petite qui m'a empêché d'être attentif envers vous autant que j'aurais dû. Aussi, mettez-vous à ma place...

Le prêtre esquissa un geste de refus courtois. Jacqueline, d'un air résigné, s'était rassise.

– Je veux dire, continua le vieillard, que... Mais non, gémit-il tout à coup, vous ne devinez pas ce que je veux dire, ni de quoi elle est capable ! Le diable ne saurait comment la prendre.

– Ne me prenez pas, murmura la jeune fille.

– Et que fais-je donc ? Voilà quatre mois, oui, quatre mois que je ne suis entré dans ta chambre...

– Monsieur, je vous en prie, intervint l'abbé. Mais le baron ne semblait plus l'entendre.

– Encore si elle me laissait à mon repos peut-être me résoudrais-je à garder des distances qui vont m'être bientôt imposées par l'âge...

Ses grosses lèvres se prirent à trembler sans plus rien dire. On entendait croître le bruit de sa respiration pareil à des sanglots qu'on étouffe.

– Bientôt ! reprit Jacqueline. Pourquoi pas dans vingt ans ! Et à quel âge est-ce qu'on dételle ?

– Mademoiselle... en vérité...

– Vous l'entendez, elle est impitoyable. Mais plus encore, ah ! bien plus encore quand elle s'assied sur mes genoux, me caresse, me flatte – et, tout d'un coup, me plante là – dans le vide – avec ma jeunesse un instant retrouvée. Elle me rendra gâteux, je vous dis, cria-t-il.

– Monsieur, je vous en prie, répétait l'abbé.

– Vous ne connaissez pas ces choses-là, vous autres, dans vos robes ; ni ce que c'est de pleurer derrière un verrou, et elle... de l'entendre rire...

M. Legris, s'étant caché le visage dans les mains, sanglotait faiblement : telle, dit Homère, un source à l'eau noire. M. d'Artaxia regarda Jacqueline : elle semblait avoir oublié sa présence, et jetait au baron les regards d'une joie cruelle.

– Elle n'a rien dans le cœur, se dit-il.

Par un naturel enchaînement il songea au creux de son estomac, et que l'heure de déjeuner, où il était d'ordinaire fort attentif, était passée depuis longtemps. Cela le fit bâiller ; Mlle La Mortagne se tourna vers lui :

– Monsieur l'abbé, ne nous quittez pas encore, je vous prie. J'ai si peur que vous me jugiez mal, à n'entendre que le baron. Vous allez voir s'il est injuste.

Et, revenant au vieillard, elle lui posa la main sur l'épaule, ce qui le fit tressaillir.

– Est- ce vrai, demanda-t-elle, papa l'Agio, ce que vous m'avez dit mille fois, que vous m'aimiez comme une fille ?

– Tu le demandes ?

– Je ne sais pas ce que vous entendez par fille ; mais moi, je suis toute décidée à vous aimer comme un père. Et je vais vous en donner la preuve.

M. Legris la regarda d'un air inquiet.

– Vous ne me refuserez pas ? reprit-elle, en se caressant la joue contre la sienne.

– Mais quoi encore, câline, balbutia-t-il, la lèvre pendante.

– Voilà : puisque vous ne voulez pas m'épouser...

– Tu sais bien qu'il y a ma femme !

– Votre femme ? Pour une fois, je marche avec. J'ai été la voir, moi, votre femme.

– Tu as été... chez la baronne...

– J'y ai été et on ne m'a rien fait. Nous sommes même tombées d'accord d'une combinaison pour qu'on ne se moque plus d'elle ; et pour que la Dandysson ne m'achète pas, moi.

– Quelle... combi... naison ?

– Dites : oui, d'abord.

Près de lui, d'un air de prière, Jacqueline se déroula en quelque sorte, comme pour l'embrasser tout de ses jeunes membres ; se déroula aussi mollement qu'une corde de soie.

– Oui, murmura alors le vieillard.

L'enfant, d'un bond, gagna la porte, et disparut en jetant ces mots :

– Je veux que vous m'adoptiez !

Il y eut un instant de stupeur, comme après que vient de tomber la foudre. M. Legris étouffait ses larmes ; l'abbé, lui, se sentait devenu en pierre, outre que le jeûne lui ôtait beaucoup de son énergie.

Et ils se regardaient tous deux sans rien dire, aussi pantois que le brave Crillon.

Bien différent en cela du numéro 2, le baron Mario Legris se réjouissait d'être père.

Il avait craint d'abord de ne l'être qu'en manière de fable, et tout de même que Zeus jadis enfanta Pallas. Avant de lui donner – comme on verra – des espérances plus matérielles, Mlle Jacqueline La Mortagne, sa pupille (à parler décemment) avait un jour imaginé qu'il l'adoptât. Le financier ne fit qu'en rire : il fallut céder pourtant aux sourcils impérieux de cette jeune personne, qui, lasse d'avoir, à quatorze ans, beaucoup enduré de lui, se flattait d'un moindre ouvrage, à l'avenir : d'être sa fille, voilà tout.

La façon d'être battu console parfois d'avoir le dessous. Jacqueline, qui se serait pu contenter de dire : « Je veux », apporta à le vaincre, à le convaincre, de ces ingénuités irrésistibles dont il était sevré depuis longtemps. Pour tout dire, elle y mit des formes : les siennes, et des moins filiales qu'il se peut voir.

Comment lutter contre ces frêles bras, jaillis hors des manches et qu'elle jette à son cou, contre les éclairs blancs de son étroite nudité, contre deux lèvres qui feignent de pâmer et murmurent :

– C'est la dernière fois... la dernière, – et puis jamais plus... Rien que mon papa... papa.

Un peu après, elle reprit :

– On le dira bien assez que nous vivons en mari et fille.

Lui-même ne savait pas très précisément ce qui en était. Comment se ressaisir au milieu de ses caresses et ses injures ; ou lorsque, abandonnée à quelqu'un de ses cruels caprices, elle sautait sur ses genoux ? Vieillard précoce, auprès d'elle, et de larmes faciles, c'est à ces heures-là qu'il sentait sa mémoire et son cœur, sa moelle, tous ses sentiments se confondre.

– Ah ! caline, soupira-t-il, tu ne sauras jamais comme je t'aime.

– Mais oui, je le sais, dit-elle. Paternellement, vous m'aimez. Et houp, dada !

Elle était à califourchon sur lui, renversée en arrière à bout de bras. Plus haut que le genoux et la soie améthyste de ses bas, il vit sourire un pli de chair : ses jambes se mirent à trembler comme des feuilles.

– Quoi ?... qu'y a-t-il ? demanda Jacqueline d'une voix méchante ; ce frémissement lui avait remis en mémoire quelque chose de son premier tête à tête avec le baron.

– Je ne puis pas, fit-il ; je ne puis plus...

Et il murmura, imitant un vieux saint, sans le savoir :

– Enfant, pourquoi te fais-tu si lourde : on dirait que je porte le monde.

– C'est peut-être, insinua-t-elle, que vous en portez plus que vous croyez.

Mario ne prit pas tout de suite garde à ces paroles de Jacqueline qui, le lendemain, revint à la charge, plus clairement. Elle était aujourd'hui presque tout à fait sûre de son état, dont elle rapportait, comme il est juste, la cause à M. Legris, non sans espoir d'en retirer quelque avantage.

C'est ainsi que la jeune fille se trouva récompensée de s'être remise, voilà quelques jours, à ses devoirs envers le baron. Pour ne lui causer aucune inutile douleur, elle ne répéta point ce que son cœur murmurait sans cesse : que c'est à Guillaume de Crissey, bien plus probablement qu'au vieillard, qu'elle devait d'épier déjà, au fond d'elle-même, un frisson nouveau.

Ah, s'il l'avait su, que ce spahi, vomi par le Sénégal... Il aimait mieux ne pas le savoir. Et que ce fût lui, le père, – lui, Mario – il en délirait d'avance, désormais plus aveuglément docile, s'il se pouvait, aux caprices de Jacqueline.

Mais, quant à l'adoption, on y rencontra, malgré la complaisance de La Mortagne, trop de difficultés pour en poursuivre l'espoir ; cette cérémonie ayant été hérissée par le Code de tant de retards, de telles chinoiseries, que c'eût été même chose de l'interdire. Il y avait surtout certaine clause « d'honnêteté publique » bien gênante ; et mieux valait voir à satisfaire autrement Jacqueline. C'est Mme Legris, la femme du baron, qui en eut l'invention.

On sait que Mlle La Mortagne avait su s'en faire une complice, rien qu'à lui rendre visite, un jour, toute seule ; et par ce qu'elle lui découvrit, dans la suite, ou lui laissa deviner, de son rôle auprès du baron. Bien plus, elle finit par ménager entre ces époux hostiles, séparés depuis trois lustres au moins, une demi réconciliation ; et, sans se remettre encore à vivre ensemble, du moins se voyaient-ils déjà sans se rien jeter à la tête, que des épigrammes. À ce jeu-là Mme Legris montrait quelque adresse.

Cette grosse femme qui tenait salon – et même assez public – ne manquait pas d'une espèce de rondeur aiguisée. Elle avait du demi-monde. Voilà.

– Monsieur Legris, commença-t-elle un jour, vous voyez n'est-ce pas... (elle disait « n'est-ce pas » un peu plus souvent que les autres Parisiens, c'est-à-dire vingt fois à la minute)... que vous ne vous en tirerez jamais tout seul ? Il y a la fameuse clause, n'est-ce pas, où je n'ai rien compris ; et il y a surtout que Jacqueline n'a pas encore vingt-cinq ans – comme vous savez.

Mario ne nia point qu'il sût : on aurait pu voir passer sur son visage l'ombre d'une contrition voluptueuse.

– Savez-vous ce qui vaudrait mieux ? C'est d'adopter un homme, n'est-ce pas, un monsieur ; et de lui faire épouser cette petite.

– Oui, dit-il, c'est une idée, cela.

Non sans hésitation, il poursuivit :

– C'est d'autant plus pressé que...

– Oui, je sais, riposta Mme Legris, Jacqueline m'a tout dit, n'est-ce pas ; et je vous passe ma colère.

– Ma bonne amie... Il ne faut pas croire, sur de simples rapports...

– Quoi ? ce n'est pas vous ?

– Je ne dis pas cela.

– Alors, qu'est-ce que vous dites ?

Le banquier ne disait rien. La vieillesse, chaque jour, le rendait moins habile à vouloir, et, serré de près par sa femme ou Jacqueline, il se réfugiait dans le silence : heureux aujourd'hui d'en être quitte à si bon marché, mais que Mme Legris servit ses desseins.

Restait Mlle La Mortagne, qu'il y fallait convertir aussi. Qu'allait-elle dire qu'on ne fit pas comme elle avait résolu, et de ce mariage à doubles guides ? Mais Jacqueline, à son tour, ne cria que ce qu'il fallut pour se faire prier. Peut-être qu'elle aussi avait vu les choses de ce point ; et qu'ils étaient trois à se faire honneur du même plan. Mais il en était un épilogue que le baron ignora toujours.

Parmi les hommes avec qui elle avait joué à se dévêtir, Guillaume de

Crissey, des spahis sénégalais, fut celui qu'au fond du cœur elle avait élu père de son enfant. Quel moyen commode, s'il l'épousait, que tout le monde le crût comme elle. C'est lui, d'abord, qu'il fallait persuader.

Peut-être qu'une autre femme, moins ingénument vicieuse y eût réussi, et, par l'appât de la paternité, aurait conduit le spahi jusqu'au mariage : entreprise en tout cas difficile, car, malgré les fautes de sa jeunesse, il était honnête homme, à l'abri d'ailleurs du besoin, et n'avalerait pas sans grimace la pilule de cette adoption qui l'enrichissait, pourvu qu'il digérât aussi de donner son nouveau nom à la maîtresse de son nouveau père et qui l'avait été de lui. Or, Jacqueline, au lieu de lui distiller goutte à goutte, en même temps que le plaisir, ses espérances et tout son complot, les lui présenta d'une seule fois, en cette minute où l'homme, repu de mains, de lèvres et de chair, rêve à la solitude qu'il pense avoir gagnée.

Il fallait cela pour la refuser, touchante comme elle était, et dévêtue. Ses longs cheveux aux reflets d'argent, dénoués autour d'elle rhabillaient les écarts d'une chemise, moite encore de volupté, et qui voilait mal tout le peu qu'elle ne découvrait point.

On observera que Mlle La Mortagne, aux heures décisives de sa vie, laissait toujours voir ou toucher d'elle plus que la décence n'y consent. C'est qu'il faudrait n'avoir jamais vécu au XVIIIe siècle pour ignorer que si la toilette, la parure, font le harnois des belles, moins armées elles sont – et plus victorieuses. Mais il y a temps pour tout, et Jacqueline n'avait pas su prendre le sien.

– Ainsi, disait-elle parmi ses pleurs, ainsi vous voulez que j'en épouse un autre ?

Guillaume ne répondit pas. Pouvait-il lui dire qu'à trop se sentir aimé on ne saurait plus être jaloux ? Mais son silence parlait assez, et Jacqueline, les yeux rouges, alla conter son désespoir à Mme Legris : que lui importait, si le spahi n'y jouait aucun rôle, adoption, mariage – et baptême ?

– Ma chère enfant, dit la matrone, la bagatelle, ça se retrouve toujours. Pour aujourd'hui, veux-tu devenir honnête femme, au lieu d'une petite fille entretenue par Marius ? Oui, n'est-ce pas ? Alors cherchons lui un autre fils.

– Or, le baron voulait choisir, et non pas se laisser tomber à l'aveuglette sur le premier père venu de son enfant, – ainsi qu'on casse un pot, les yeux bandés. Il fallait donc lui en chercher plusieurs et sans trop le publier si l'on ne voulait pas avoir la moitié de Paris pendue aux sonnettes. Battre les buissons sans faire de bruit, c'était le point ; et que les rabatteurs fussent discrets.

L'un des candidats de la première heure fut M. Anthème Gloute, anarchiste jadis, ou socialiste, on ne sait pas trop ; mais pamphlétaire à coup sûr : tout cela tempéré par les fonds secrets. Dieu sait comment Mme *** le connut, s'en enticha, et – d'un tour de main – le convertit dans un coin de son salon, par un après-midi d'automne : chrétienne de fougueuse complexion, qui se délassait de ses devoirs à s'en découvrir d'excentriques, fût-ce de décrasser les Trissotin du libertarisme, et dont le cœur trois fois trempé dans les désinfectants ne se soulevait plus à ce graillon.

Quant à M. Gloute, après avoir tiré de Mme *** tout ce qu'il put, c'est-à-dire un peu plus qu'elle ne pouvait, il continua, personne ne l'achetant de nouveau, à brûler sur les autels ses anciens fétiches ; attentif seulement à ne se point clore les portes basses de la place Beauvau, où il rendait encore quelques services.

Tel, il cheminait à travers la vie, bête puante, édentée et ventrue, quand il apprit quelque chose des projets de M. Legris. La faute en fut à M. La Mortagne, qui, de passage à Paris, rencontra cet ancien camarade de tripot.

– Eh quoi ? vous dans nos murs, La Mortagne ?

– Oui, je suis venu entre deux trains, placer quelque argent (et c'était vrai).

– De l'argent à placer ! Je ne suis pas curieux, mais ça me ferait plaisir d'avoir un échantillon d'une chose aussi rare : mettons cinq louis, si vous voulez – ou moins.

– Oh, ce n'est pas la somme, répondit l'homme au triste visage. Et si je vous avais rencontré avant... Mais je viens de faire mon dépôt.

– Ah !... chez Legris, toujours ?

– Ma foi, non. Je me suis aperçu à la longue que nous étions trop amis pour faire des affaires ensemble.

(La vérité, c'est qu'il se souciait peu de mettre le banquier au courant de ces épargnes, où il aurait pu voir jour à se montrer moins généreux).

– Quant au baron, reprit-il avec sensibilité, vous savez qu'il se range : j'en suis vraiment heureux.

(Son œil, – cet œil qui regardait de face au milieu de son profil, – s'humecta.)

– Il s'est remis avec sa femme, ou à peu près ; et le voilà qui voudrait aussi se voir père. Il cherche même quelqu'un à adopter, un homme fait, bien entendu, et cela m'intéresse, car Legris – entre nous – aime beaucoup l'aînée de mes filles (la cadette est même sa filleule), et tout ça pourrait finir par un mariage, quoique Jacqueline soit un peu jeune. Si vous connaissez quelqu'un.

C'est surtout lui-même, selon le précepte de Delphes, que M. Gloute connaissait ; et il s'en fut tout de go s'offrir au baron. On doit dire à sa décharge qu'il ignorait l'inconduite de Jacqueline : elle ne l'eût pas fait hésiter un instant.

Aux premiers mots, M. Legris lui rit au nez :

– C'est un fils que je demande, mon cher. Et l'on vous donnerait plus que mon âge : vous avez l'air d'un oncle – d'un oncle pauvre.

M. Gloute ne se déferra pas : il venait d'improviser un plan d'attaque.

– Ce n'est pas charitable à vous, baron, de railler un pauvre hère... toujours prêt à vous défendre.

– On ne m'attaque jamais.

M. Gloute prit la voix insinuante et perfide qu'on prête aux maîtres chanteurs, dans les romans.

– Il y a pourtant, dit-il ce crack, – ou cette craque – des Galènes de l'Ardèche. Ce n'est pas bien vieux ; et je ne sais pourquoi l'on s'obstine à vous y mêler. J'ai déjà fait mettre au panier, en diverses gazettes, quelques papiers là-dessus.

M. Legris sentit qu'il mentait, à son air.

– Une autre fois, dit-il, apportez-les. Et pardonnez-moi de ne pas vous retenir : j'attends quelqu'un. Quant, au scandale, vous savez... (il fit claquer ses doigts). Je suis aux trois quarts retiré des affaires. J'ai trois millions à l'étranger ; presque autant de ce côté-ci. Et vogue la galère.

M. Gloute l'aurait bien envoyé voguer dessus. Il se calma pourtant, oublia les Galènes, et se mit à chercher quelqu'un qui pût, contre commission, le remplacer dans le cœur de M. Legris. Mais son candidat ne fut pas plus heureux que lui-même : c'était une espèce de peintre italiote, sans talent comme sans scrupules, qui répondait au nom de Maximo Colcaca. Et ce qu'il faisait de mieux, c'était, à tout bout de champ, de jurer « Carpaccio ! ! », pour épater le bourgeois. Mais Jacqueline le jugea ridicule, et il n'en fut plus question.

Elle refusa de même, M. Roguin-la-Hure, homme bien pensant, bien renté, bien apparenté, et bien autres choses sans doute. De l'aveu général, il représentait la bourgeoisie. Mais on ne disait pas si c'était la haute, la moyenne ou la basse : peut-être se confondaient-elles en lui. Sa mère d'autre part était une demoiselle de la Psalette... Elle était morte, d'ailleurs, et toujours la Psalette, comme elle avait vécu, après l'être née.

On ne sait pas trop pourquoi cet honnête homme s'allait mettre en si douteuse posture. La dot de Mlle La Mortagne l'attirait-elle ? Ou bien de devenir baron ? Sans doute ne connaissait-il pas bien les dessous de la négociation. On ne lui laissa pas plus le temps de les découvrir que ceux même de Jacqueline, qui les aurait plutôt cousus, tant la vue seule de M. Roguin-la-Hure, l'affligeait.

– « C'est beau, songea-t-elle, la vertu – mais c'est triste. »

Le suivant l'amusa davantage, mais sans la convaincre. C'était un certain Beust, retour de la Nouvelle-Calédonie, où il s'était ruiné, n'y étant que colon. C'est tout ce qui le distinguait, d'ailleurs ; et d'être de Marseille, comme M. Legris : mais on n'en tint compte.

Le baron pourtant se mit en peine de lui donner un peu d'eau bénite, et quelques raisons tirées du Code, entre autres qu'il ne pouvait raisonnablement, pour satisfaire aux lois, prétendre avoir pris soin de Beust depuis six ans, ni que celui-ci (étant à la Nouvelle et lui banquier à Paris) l'avait sauvé d'un grand danger, noyade ou incendie.

– Mais c'est tous des vieux, grognait Jacqueline. Si mon mari doit l'être autant que vous, papa, je préfère rester fille.

– Tu commences à passer l'âge, riposta M. Legris : les filles, aujourd'hui, ça se porte court. Et alors, tu t'imaginais que, de tourner à la femme honnête, on fait ça comme qui rigole.

– Est-ce qu'il faut se faire anesthésier ? bâilla Mlle La Mortagne.

Après quelques autres seigneurs sans importance, – dont Rosedascù, qui fut mal reçu du baron, – apparut un protégé de M. d'Artaxia. Isidore de Lallavain, professeur de latin et belles-lettres, chauve, mal vêtu, hérissé d'une barbe si rouge qu'elle avait l'air d'une retraite aux flambeaux, offrait avec cela, quelques restes de jeunesse et l'attrait d'une physionomie tourmentée. Jacqueline, qu'obsédait ce défilé de prétendants, l'agréa de guerre lasse.

– Du reste, je le trouve affreux, confia-t-elle à sa bonne amie : j'aurai vite fait d'en faire un mariage blanc.

– Mmm, blanc : tu es sûre de la couleur ?

Quoique M. de Lallavain n'eût pas de beaucoup franchi la trentaine, son passé n'était point sans aventures. Fils d'une cuisinière, son père, qui l'avait reconnu, figurait, paraît-il, de son vivant, le plus répugnant magot qui se pût voir ; et tout ce qui chez Isidore se pouvait supporter – d'assez beaux yeux, une haute taille – il le devait à sa mère, personne distinguée, qui se nommait Catherine Gary.

– Le magot, lui, être fragile de son naturel, et parti pour busquer fortune au Bechuanaland, y fut incidemment mis en morceaux par un parti de nègres qui ne laissèrent pas de le manger ensuite. Le bizarre est que plusieurs en moururent, comme d'une conserve de Chicago ; et les autres, reconnaissant trop tard en M. de Lallavain père, une viande sacrée, encore qu'indigeste, en tirèrent de l'orgueil.

Catherine Gary, de son côté suivit jusques à Moscou un Russe qui appartenait à la caste des marchands ; ensuite de quoi ils furent tous exilés à Irkoust où ils moururent.

Quant à Isidore, lâché tel quel à travers le monde, mal élevé, mal instruit, mal nourri, il y mena divers métiers, où il y en avait d'avouables. Il fut, tour à tour ou bien à la fois pion, croupier, boucmècre, secrétaire de modiste, marchand d'autographes, et que sait-on encore. On ne sait pas non plus par quelle voie il s'était acquis les bonnes grâces de M. d'Artaxia, ni pourquoi celui-ci le recommanda presque chaudement à M. Legris.

Quoi qu'il en soit, et Lallavain une fois admis à faire sa cour, tout alla comme de cire, durant le court délai de l'adoption. Grâce à M.

Legris, Isidore soignait sa tenue ; et il montrait, d'autre part, une espèce d'usage du monde, acquise Dieu sait où. Tout cela ne lui rendait pas ses cheveux, mais il apportait tous les jours un bouquet à Jacqueline, ce lui était une raison de l'embrasser, et, pour elle, de ressentir un dégoût qu'elle cachait mal. Les fiançailles d'Isidore ressemblaient à quelque chemin d'été, où l'ombre alterne avec le soleil, et qu'une source accompagne : mais, de loin en loin, passe une couleuvre.

C'est ainsi qu'il reçut quelques lettres anonymes. L'une d'elles le renseignait sur son passé, ce qui lui sembla d'un soin superflu, vu sa bonne mémoire, il n'avait pas moins de philosophie : d'apprendre, par la même voie, que sa fiancée avait eu des amants, lui fit hausser d'indulgentes épaules.

– Parbleu, se dit-il, je pense bien que ce n'est pas saint Louis de Gonzague.

Et enfin quand il sut qu'elle était enceinte :

– Déjà, songea-t-il. Mais quoi, rien que de songer à ses maladies morales et physiques, y eut-il jamais un homme qui aurait voulu avoir un fils de lui-même. Mais de qui diable sera le mien ?

M. Legris aurait pu lui apprendre ce que lui-même en croyait. Cette paternité le tenait dans l'enivrement.

– Eh bien, s'écria-t-il en lui tapant sur l'épaule ; vous voilà adopté, monsieur, depuis ce matin ; et, tout à l'heure, l'heureux époux de Jacqueline. Car c'est dans quinze jours, le mariage à Larigo, et il me faut un petit-fils dans les neuf mois : entendez-vous, monsieur mon fils ?

– Vous l'aurez, monsieur mon père, vous l'aurez : rapportez-vous en à Mlle La Mortagne.

– Mais non, c'est à vous que je m'en rapporte, maintenant que vous voilà déguisé en Legris.

– C'est un joli masque, observa poliment Isidore.

– Moi, fit Jacqueline, c'est en Lallavain que je vas me travestir : Legris de Lallavain.

Elle réfléchit un peu et ajouta :

– Mince.

– Eh bien, quoi ? reprit la baronne, tout le monde en est là, plus ou moins. La vie, ma chère petite, n'est qu'un bal costumé.

Et un silence suivit cette pensée ingénieuse.

C'est beaucoup qu'une bonne conscience. Malgré le soulagement toutefois qu'elle en devait à M. d'Artaxia, son directeur, Mlle Jacqueline La Mortagne se consolait mal que la sienne lui coûtât d'épouser Isidore de Lallavain, qu'en vain elle s'efforçait d'aimer ou de supporter même.

Cet ancien pion, qui portait sa face camuse et chauve au milieu d'une ardente brousse de crin, avait l'air d'un bouc à l'eau oxygénée. Lorsque, sur présentation de M. l'abbé d'Artaxia, le baron Legris l'adopta pour son fils, sous-entendu qu'il épouserait Jacqueline, Isidore « faisait la commission » non loin de la Bourse.

– Je crois que c'est les commissions plutôt, disait son nouveau père, qui ne se prenait que lentement à le chérir.

– Dans tous les cas, observa Mme Legris, qui dorait la pilule autant que possible à sa petite amie, il marque beaucoup plus juste, n'est-ce pas, Marius, que la première fois où vous le pêchâtes, vous et ce beau curé d'Arménie. L'autre jour, quand nous l'avons été faire voir à Larigo, il n'a pas fait une seule gaffe, pas ?

– On n'y a pas toujours la main, fit le banquier.

– Pourvu que ce soit la même chose, soupira la jeune fille, mardi prochain, pour le mariage. Comment sera-t-il en habit, je vous le demande.

– L'habit n'est plus de mode, dit le banquier. En jaquette, comme un lord ?

– Oui, mais c'est Madon qui est lady ! Et sera-t-elle de la noce, seulement, avec son vieux Dandysson ? Elle ne m'a même pas répondu... depuis huit jours. Que de magnes, mon Dieu, pour avoir épousé un baronnet.

– Eh bien, quoi ? Tu seras baronne, toi aussi, n'est-ce pas ?

– Oui, Qualine, baronne ; et c'est Isidore qui t'entortillera, s'écria M. Legris, qui fit là-dessus bien des éclats de rire.

Il se rendait peu coupable, à l'ordinaire, de ce genre de mots, n'ayant pas l'esprit tourné à ça, ainsi que lui-même disait. Mais ceux qu'il faisait, c'est comme les enfants qu'il croyait faire : il s'y attachait beaucoup. La grosse baronne, aujourd'hui, feignait à petits cris, pour lui plaire, de partager son hilarité. On voyait ses seins se soulever, se tendre et fléchir : à eux deux c'était un monde.

L'adoptif et ses fleurs tombèrent au milieu de cette gaîté de famille. Il avait de bons côtés, ce M. de Lallavain ; et, sans savoir pourquoi, il se mit à rire, comme tout le monde.

Mais c'est le jour du mariage qu'il le fallait voir, tout rayonnant encore de la dot versée l'avant-veille, versée bien entendu avec les précautions, malices, reprises, réserves, qui sont d'usage entre honnêtes gens, et dont la moindre ferait se gifler des pirates convenant de leurs prises.

Isidore achevait de l'arrondir, par la pensée, au contact d'une assez épaisse liasse que venait de lui remettre M. Legris, « pour frais de voyage ». Jacqueline, qui était à ravir, et telle, en sa dentelle ivoire, qu'une jeune déesse au milieu d'un nuage de crème fouettée, se montrait beaucoup moins joyeuse. Était-ce Guillaume de Crissey, malgré tout, qui causait son regret ; ou bien, sa liberté perdue, tout simplement ? Qui sait ; mais son mari, près d'elle, – et qui, du reste, avait tenu bon pour l'habit noir – ressemblait à quelque flamboyant croquemort, tout près d'incinérer une vierge ingénue et vivante.

« Et enfin, se demandait-elle, au profit de qui, ce sacrifice ? Pourquoi abandonner, presque aussitôt conquis, ce droit à malfaire, qui lui avait été si précieux ? Ah, si c'eût été Guillaume qu'elle épousait... Mais puisqu'il n'avait pas voulu, à quoi bon toutes ces grimaces, ce cortège ? Elle n'y découvrait plus de motif qu'une soif un peu ridicule de respectabilité, – de devenir, à l'instar de Madon M'Amoury, femme comme il faut. » Tout en laissant rôder autour d'elle un chaste sourire, elle se déclarait que, jusqu'ici, ça n'était pas bien drôle, et que peut-être avant longtemps... Mais elle chassa ces mauvaises pensées : « mouches bleues qui bourdonnent autour de l'âme », disait M. d'Artaxia, son directeur.

L'heureux Isidore ignorait ces pensée de sa femme, sinistres au front de son avenir. Et quand il l'aurait su ? Ne lui restait-il pas cette liasse, qu'il n'avait pas osé compter encore, n'étant point seul. C'est bien cinq ou six mille francs qu'il y avait là. Peut-être plus. Si c'était dix mille, bon Dieu ! Et tout ça pour un voyage de noces, des petits cadeaux, – la couturière sans doute. Quand on aurait pu dépenser cet argent de tant d'autres façons : il y en avait qui lui montaient à la tête. Peu à peu lui apparut, par une espèce d'hallucination, au fond du chœur, un tapis ovale et vert, des palettes, un morceau de porcelaine blanche : le marbre ! la voix du croupier même lui parvint confusément : « Messieurs... vos jeux ! »

Et quoi, les billets de banque, n'est-ce pas comme des soldats ? Quand on en a, c'est pour les faire battre. Déjà, il rêvait de neufs, de filages, d'un six sur un trois...

« Consentez-vous, lui demanda soudain M. Hilary, curé de Larigo, à prendre pour épouse Mlle Marie- Salomé-Jacqueline La Mortagne ? »

Le cortège se reforma. M. La Mortagne, au bras de la grosse Mme Legris, y profilait cette élégance rigide qui l'avait si longtemps fait prendre par les garçons de restaurant pour un homme de qualité. Encore la tempérait-il d'un peu de cette bienveillance qui, pareille à une belle-de-nuit, embaumait le soir de ses jours. Oui, sous la froideur anglaise – et si distinguée – de l'homme correct, perçait la bénignité, le bon vouloir, la tolérance. Cette dernière vertu, en particulier, il l'avait si souvent à la bouche, que cela agaçait sa perfide amie, Mme d'Érèse.

– Mon cher, lui disait-elle, gardez ça pour chez vous, la tolérance : c'est des choses qu'on tient à la maison.

Et le père de Jacqueline souriait avec tristesse, d'un seul coin. La piquante veuve l'épargnait, pour l'heure plus attentive au spahi Guillaume, qui lui donnait le bras. Encore un roman qu'elle avait feuilleté jadis, du bout des doigts. Du cabotage sentimental que Florinde faisait aux îles du Levant, Cythère n'était qu'une aiguade. Elle s'y ravitaillait sans doute ; mais le cœur n'y était pas et l'on eût dit que Rotrou n'avait écrit que pour elle le vers bien connu :

N'habite plus, Amour, ni Paphe, ni Cythère !

– L'amitié, disait-elle, parfois, de son air le plus ingénu, qui ne l'était pas beaucoup, c'est encore ce que les femmes ont de mieux à faire.

Aussi bien, et plus souvent que son beau spahi, lorgnait-elle, pendant la cérémonie, Mlle Marie-Louise La Mortagne, sœur cadette de la nouvelle Mme Legris de Lallavain, et si jolie en blanc, avec ses yeux tirés qu'elle tournait parfois sur Florinde, pleins de feu et de tendres injures.

Demoiselle d'honneur, on l'avait flanquée de ce silencieux

Américain, Watson, professeur ès-pêche à la ligne de son père. L'attitude absente, en quelque sorte, du Yankee, aurait désarmé la jalousie de l'Othello le plus pointilleux. Visiblement, il pensait à la petite autant qu'à son premier goujon.

– Je me demande ce qu'il fait à la noce ce marchand de mort aux carpes ! observa toutefois Florinde, les dents un peu serrées. Et Guillaume, qui, à suivre ses regards, devinait sa pensée, répondit :

– On compte sur lui, peut-être, pour la friture.

– La friture : oh ! là là ! Avec une fourchette, au hasard, dans les invités...

– Merci, dit-il.

– Que tu es bête. Est-ce que je t'ai jamais rien donné ?

– Votre bouche, Florinde, murmura le spahi.

Au fait, que faisait-il lui-même, à cette noce, où M. Legris le lardait des plus maléfiques œillades. Jacqueline, qui s'était entêtée à lui faire jurer de venir, semblait à peine le reconnaître. De deux ou trois autres dames qui avaient eu des bontés pour lui, Florinde était la seule qui parût ne lui en pas tenir rigueur : ah, la femme est longue à nous pardonner les bêtises qu'elle nous a fait faire !

Ce n'était que trop vrai qu'il y eut, comme on dit, « à boire et à manger » dans l'assistance où, du reste, lady Dandysson et son mari Sir Everard brillaient par leur absence. Ils s'étaient fait représenter par des fleurs dans une potiche de Wedgewood moderne, et par une dépêche datée de Venise. Mais que d'autres, en revanche, on pouvait voir descendre les degrés de l'église ; et comment. D'anciens coulissiers véreux, avec cet air inquiet qui stigmatise leur sorte, donnaient le bras à des cabotines anciennes, que certes nul n'avait vu jouer depuis l'Empire : celles-ci prenaient une physionomie contenue, avec un rien de pudique effarouchement, ainsi qu'il est de bel air, aux mariages, – et leurs jupons faisaient frou-ffrou-fffrou sur les marches, d'ailleurs glissantes. Car il avait plu le matin : maintenant, il repleuvait.

Les voitures se hâtaient, ce qui causait du retard, et de l'embarras. La marquise douairière de Baston – toute en plumes de catafalque et bardée d'or, – posa son pied, un pied majestueux, dans une flaque, et manqua d'éclabousser Mme d'Érèse, qui siffla, entre bas et haut (plus haut que bas) :

– Non, mais regardez-moi ce vieil arsenic !

Elle se rasséréna dès qu'elle vit que le cavalier de Marie-Louise en avait le côté droit tout tavelé.

– Monsieur, fit-elle avec un sourire engageant ; faut pas avoir l'air triste ; ça ne tache pas.

– Hô-ô ! dit l'Américain (pour dire quelque chose).

– Justement ! répliqua Florinde, qui, à demi posée sur le marchepied – comme la libellule au tranchant d'une herbe d'eau – se retourna de façon à découvrir un peu sa jambe de fausse maigre. Un potache en resta bouche bée, au bras d'une vieille dame.

– Eh bien, monsieur, observa celle-ci avec une pointe d'aigreur : quand vous voudrez...

Florinde excellait, du reste, au grand désespoir de M. La Mortagne, à faire s'écailler les vernis sociaux. Celui-ci, à vrai dire, n'était pas des plus épais : la gaîté le devint, mais aussitôt seulement qu'on fut à table.

C'est que le dîner, au Casino, s'était fait attendre ; et ce cuistre de Lallavain pris à soupirer trois et quatre fois :

– Festina lente... lente... Ne te hâte point de faire ripaille !

Des gens bâillaient déjà, d'un visage triste, en se promenant dans le petit salon ou regardaient, pour la dixième fois, les dépêches de congratulations amassées dans une sébille à baccara. Enfin deux laquais en amaranthe et bleu pervenche, monstres cruels à voir, vinrent ouvrir les portes de la salle à manger.

Et on mangea. Cela fut long ; puis vinrent les toasts. Il y en eut d'égrillards. Ça s'écaillait de plus en plus, Marie-Louise, entre l'Américain Watson – telle une souche – et un vieux Lindor de matuvu, qui lui faisait du genoux, bâillait de temps en temps jusqu'à la conque rose de ses oreilles, ou dardait sur Florinde la double flamme de ses yeux. Mais elle feignait de n'en rien voir, et fleurtait avec Guillaume.

La bonne humeur, cependant, de cette attablée n'avait cessé de naître : tel le tambourin dont une danseuse s'enivre à grossir et précipiter le son. Le baron Legris, lui-même, qui se sentait rejeunir – peut-être à l'idée d'être bientôt grand-père – perdait un peu de sa tenue, et chantonnait une chanson provençale. Seul, M. La

Mortagne, que le vin rendait solennel, méprisait les ris et les jeux. D'une langue ralentie, et comme qui déchiffre une épitaphe, il répétait à la douairière de Baston, sa voisine de gauche qui, elle, essuyait ses yeux baignés de larmes par les souvenirs :

– À Larigo, il n'y a que des braves gens. Ainsi moi, je suis un brave homme, tout carré... car – ré.

Comme un cimetière neuf, il l'était.

De l'autre côté de la table, Flor de Sçaavedra, aux sourcils bleus, – que sa mère, à la puissante main, n'était pas à portée de reprendre – lui jetait des boulettes de pain dans sa belle barbe. Elle était en jaune pâle, soutaché, piqué, doublé de vert citron ; et Clément Lizerolles, à côté d'elle, s'enhardissait peu à peu sous la table. Ainsi qu'un chemineau, altéré du soleil, interroge, à travers son feuillage, la fraîcheur d'un fruit, ainsi, de sa main frémissante, s'instruisait à vivre ce brillant élève de philosophie, jusques ici nourri surtout aux mauvaises lectures, et déjà « bachelier a *minima* de la troisième partie orale connexe à la série compensatrice de rhétorique – 2, moins les lettres. » C'était à peu près les termes de son parchemin ; quelque chose comme le brevet d'un semble-semi-pintadon.

Le jeune Coursin d'Asper-Fodoas, son camarade de collège, était assis – le diable sait pourquoi – à côté de sa sœur aînée Léonor, qu'il aimait tendrement : mais cette jeune personne, au moins devant le monde, ne le payait pas de retour. Demoiselle d'honneur, elle aussi, on l'avait épaulée de l'énorme *Professeur* Jaurrigue. On eût dit qu'ils jouaient une fable de Florian : *La bonbonne et la bonbonnière*. Cet ancien comique, qui d'habitude posait pour le Norse, et avait l'air – tant il était ennuyeux de jouer du Bjœrnstjern Bjœrnson, se laissait reprendre aujourd'hui à la « gauloiserie de nos bons aïeux », comme lui-même disait. Il fut le premier à se souvenir de la jarretière de la mariée ; et, tout de suite ce ne fut qu'un cri, qu'il fallait la lui prendre (délicat usage).

Cependant que Jacqueline murmurait en vain : « Mais c'est des jarretelles... », le jeune Coursin, que son âge semblait désigner, était déjà poussé sous la table, où, étourdi, il commença de tourner au hasard parmi la futaie des jambes, tel un aveugle petit Poucet. Le piaillis des femmes, l'exclamation plus énergique de ces Messieurs, balisait son passage. Enfin, un cri aigu jaillit, inopinément arraché par l'angoisse à la marquise douairière de Baston (*ci-devant* Eugénie

Cottelet) ; et presque aussitôt l'on vit reparaître, tout rouge, Coursin d'Asper-Fodoas, brandissant le trophée d'une extraordinaire jarretière jaune et verte, où éclatait à la boucle l'image d'un cavalier barbu, faite d'émail.

Cela fit rire ; puis l'assistance passa, pour boire le café et faire un tour de valse, dans les salons du Casino, où l'on sait que se célébrait la noce. Elle semblait même un peu s'y célébrer pour tout le monde, à voir la joyeuse familiarité du domestique. Quelques-uns d'entre eux présentaient la liqueur avec un rire cordial qui faisait songer à ces mâchoires « impressionnantes » qu'on voit aux montres des dentistes. D'autres en offrant les cigares, faisaient du coin de l'œil et de la bouche, cette grimace qui – entre amis – veut dire : – C'est de la drogue : Je viens de les goûter.

Et cependant, il y en avait, à la salle à manger, dont un joyeux tintinnabulement ne trahissait que trop qu'ils vidassent les bouteilles – tandis que d'autres, aux premiers chants de l'orchestre, prenaient un sonore essor dans les corridors. Enfin, à travers une porte aussitôt refermée qu'ouverte et comme à la lueur d'un éclair, on aperçut le jeune Coursin d'Asper-Fodoas, mis en appétit sans doute par son exploration de dessous la table, et serrant de près la dame du lavabo, personne qui avait des restes.

Entre tant, quelques messieurs, au nombre de qui se trouvait le marié, s'étaient « défilés » discrètement ; et les petites amies de Mme d'Érèse, mises à danser entre elles, ainsi qu'elles avaient accoutumé : Hondeline avec Franqueline, Florise avec Marie Adour. Le baron Legris, qui décidément tournait au paternel, et en oubliait presque d'être amoureux de Jacqueline, les contemplait avec complaisance, assis dans un vaste fauteuil.

Tout à coup surgit à ses yeux le croupier en second du tripot, homme manifestement ivre, qui, planté devant lui avec une majesté rigide qu'aurait enviée M. La Mortagne – ou Saint-Vallier devant le roi – déclara du haut de sa tête :

– Monsieur le bâron, le fils de M. le bâron n'est qu'un cochon... C'est pas une raison...

(– Il parle en vers, observa à mi-voix Mme d'Érèse.)

– ... une raison, parce qu'il joue la dot de Mademoiselle...

(D'une main tremblante, il désignait un vieux larbin, flanqué d'un plateau, et que rien ne permettait de confondre avec Jacqueline.)

– ... de Mademoiselle, à la femme saoule, n'est-ce pas, pour me donner nib de pourboires...

(– Non, c'est pour manger qu'on lui a donné, fit la veuve.)

– ... Alors, je suis venu vous dire ça, voyez-vous, Monsieur le bâron, entre nous...

(D'un air confidentiel, il avait mis une main devant sa bouche.)

– ... Parce que moi, je m'en f... qu'il perde.

(Un instant, il se tut, d'un air pensif : puis, tout à coup, d'une voix éclatante, conclut au milieu du silence universel.)

– Voyez-vous, moi, je m'en f... qu'il perde !... je m'en f... furieux ! !

(Et il disparut.)

De l'air le plus naturel qu'il sut prendre, M. Legris, peu après gagna les salles de jeu, pour y constater qu'Isidore, en effet, se livrait aux perfides douceurs du baccara : singulière distraction pour un homme qui devait aujourd'hui prendre le train de Nice, et possession de sa jeune épouse. Il était même « à la Présidence », mais il la quitta sur les deux heures après minuit, lui restant encore 3 fr. 75 : c'est vrai qu'il en devait six mille à la caisse. Et ce fut là tout son voyage de noces.

Ainsi fut sacrifiée la fille de M. La Mortagne, sur tes autels, ô Dame de Pique, Pallas inexorable !

Ce que l'honneur coûte aux filles

Grâces en soient rendues au baccara, le voyage de noces de Jacqueline La Mortagne – épouse Legris de Lallavain – ne dépassa point les murs de Larigo, théâtre de son mariage ; ni l'activité conjugale d'Isidore, ceux de sa propre chambre à coucher. Le lendemain, s'étant levé fort tard, il reprit le chemin du Casino, et, les jours suivants, fit de même. La chance lui étant devenue moins rebelle, il y trouvait prétexte à rentrer fort avant dans la nuit, mais ivre, en revanche, et parfumé de tabac comme une pipe froide. Quant aux repas de famille, il n'en fut plus question. La « Maison », pour lui, c'était le tripot.

Il s'en expliqua fort ouvertement avec M. Legris, une nuit que le baron l'avait attendu jusqu'à quatre heures du matin pour le chapitrer, une nuit, tout juste, que l'ancien pion avait gagné – et bu.

– Voyons, papa, répondit-il d'une voix hoqueteuse à son discours, vous n'allez pas me la faire, je pense, au conjungo. Quand vous m'avez adopté, n'est-ce pas, c'était pour me coller votre... pupille ; – et pas rien qu'elle, à ce qu'on m'a dit. Là-dessus, je lui ai donné mon nom – y compris le vôtre ; mais il ne faut pas m'en demander davantage. Ce n'est pas que je sois jaloux – ah ! mon Dieu, non – mais je respecte le bien d'autrui : voilà. Et puis, on aime à se rendre compte, vous comprenez. Alors, si Jacqueline passe sept, huit mois, sans abattage, je veux dire : sans laisser voir du neuf, je lui rends mon cœur, et je tâche de mieux faire... Et de toute façon, il s'appellera comme vous, n'est-ce pas ? Alors ?

– Misérable ! s'écria le baron, sincèrement indigné : bien digne de vendre votre nom !

– Et vous, de l'acheter, papa.

On pense bien là-dessus, que le jour orageux où lui apparaissait le mariage n'était pas pour nourrir en Jacqueline cette graine légère de vertu dont l'abbé d'Artaxia avait tâché d'ensemencer son cœur, pendant le court délai de ses fiançailles. À vrai dire, il en avait commencé l'apostolat un peu plus tôt, depuis ce matin même, où, chargé par Mme La Mortagne d'une mission délicate auprès de la jeune fille, il l'avait trouvée toute seule, qui poursuivait un oiseau échappé, un oiseau vert... Il l'avait même, à cette occasion, sentie deux ou trois fois un peu trop près de sa chair. Mais M. d'Artaxia était un prêtre sage, ce qui consiste, comme on sait, – au contraire des vierges de la parabole – à laisser s'éteindre sa lampe.

Il n'abandonna point, pour cela Mlle La Mortagne, ni de la catéchiser, tentative où elle se montra docile. C'était, à vrai dire, un autre catéchisme que celui de sa mère ; et puis « Papier d'Arménie » lui plaisait. Elle commençait d'en apprendre à parfumer son âme, comme elle n'avait fait jusques ici que son linge – choses légères toutes deux, et dont la femme doit savoir mesurer l'abandon, pour qu'il ait tout son prix. Peu à peu, il lui découvrait la responsabilité, le devoir, et autres idoles ; mais, sans qu'elle démêlât encore, ou que très confusément, quelle épice incomparable la science du bien ou du mal ajoute au naturel plaisir de pécher. Bien loin de méditer encore si avant, elle apprenait tout cela de mémoire, – comme on fait la géographie, – et y croyait sur parole.

C'est des yeux surtout, il faut le dire, qu'elle écoutait son Asiatique, si plaisant à voir, mais toujours, hélas, à trois pas d'elle. Plût au ciel que sa mère autrefois, quand elle l'instruisait (pauvre petite catéchumène, battue sept fois par péché mortel) aux minuties de son fétichisme farouche, se fût tenue aussi loin ! Et plût au ciel encore que le curé de Larigo se fût montré en son temps aussi bon repêcheur d'âmes que ce prêtre arménien ! Mais, il s'en fallait bien.

Non pas que M. Hilary manquât de vertus, mais c'étaient des vertus sans bride, aventureuses, égarées parfois. Si sa continence n'avait jamais été mise en doute, on lui avait reproché l'abus de la spéculation, à tous les sens du mot ; et l'on pouvait naguère encore, le voir jouer sur les terrains de Larigo – aussi ardemment qu'il avait pu faire autrefois avec les vérités de la religion, alors que, détaché par faveur dans le diocèse de Paris, il y suivait les cours de M. L***, le dangereux exégète.

Aujourd'hui, M. Hilary, revenu au diocèse de Melun, et curé de la singulière paroisse de Larigo, battait froid à la dogmatique comme à l'eschatologie : on peut mettre en doute même s'il eût repris feu pour ou contre les généalogies lacunaires. Ce n'en était pas moins un clerc fort zélé : s'il avait peu d'opinions, il les avait fortes, et, pour elles, il eût fait brûler plus de gens que ne fit Genève au siècle de sa splendeur. Avec cela, de la plus étrange tolérance en matière de morale mondaine. L'argent, surtout, par on ne sait quelle espèce de sacrement qu'il y attribuait, lui faisait absoudre bien des moyens de l'acquérir. On voit que M. Hilary n'était pas fait, comme la jambe d'un chien, tout d'une venue.

C'est ainsi qu'avec moins de discrétion peut-être qu'il n'eût fallu, il s'était laissé instruire de ce qui avait trait à Jacqueline La Mortagne, pupille alors – et beaucoup davantage – de M. Legris. On avait toutefois respecté certaines convenances, en particulier la convention selon laquelle Jacqueline vivait chez le financier à l'instar de ces nièces qu'au théâtre un oncle, riche et célibataire, adopte sur ses vieux jours. Sous le couvert de cette fiction, le curé maniait librement ces choses délicates. Dès lors que ce faux-ménage se présentait à lui comme le contrat d'un philanthrope et d'une fillette dans le besoin, il lui était permis d'appliquer en paix sa casuistique aux petits problèmes que Mme La Mortagne lui soumettait, avec une servilité ardente.

– Et surtout, chère madame, concluait en général le curé de Larigo, recommandez-lui la soumission, l'obéissance. Les volontés d'un vieillard, et jusqu'à ses caprices, doivent être sacrés pour une enfant de l'âge de Mademoiselle Jacqueline.

– J'ai toujours peur qu'il ne lui naisse celui de la rendre irréligieuse, monsieur le Curé ; vous devriez y aller voir, de temps en temps.

– Mais ne m'avez-vous point fait entendre, chère Madame, que M. le baron Legris, malgré toutes les qualités de son esprit et de son cœur, professe pour la robe que j'ai l'honneur de porter, les plus désobligeantes opinions ?

– Vous voulez dire qu'il touche du fer quand un curé passe ? Pauvre baron, il est assez bête pour ça. Mais, vous savez, Jacqueline le roulerait autour de son petit doigt. Il l'aime trop pour lui refuser rien.

– Et j'espère que ce bon sentiment est réciproque, observa M. Hilary.

Mme La Mortagne soupçonna un instant que le curé se moquait d'elle. Mais comment croire sérieusement cela d'un homme d'église. Et, sombrement, elle répondit :

– Allez, allez, monsieur le Curé, elle lui paiera, un jour ou l'autre, tout ce qu'elle lui doit.

Au sens où le prenait Mme La Mortagne, le baron fut bientôt en reste. Puis vint, avec de plus sages leçons, M. d'Artaxia.

Infortunément, une pareille lune de miel ne rendait pas amical à Jacqueline ce sentier de la vertu où elle venait de s'engager. Sincèrement, d'ailleurs, pendant les deux ou trois semaines qu'avaient duré ses fiançailles avec M. de Lallavain, elle s'était promis d'être vertueuse épouse – si fille, elle n'avait su. Et voici comment son mari l'y aidait ! Peu à peu se confondait dans son cœur la notion de l'honnête femme, et de la femme honnête. Pour être la première, il faut de la vertu, comme on sait : à la seconde, il suffit d'une femme de chambre, d'une bonne couturière, et de faire par amour, en général, cet amour que les courtisanes font, à ce qu'on assure, pour de l'argent.

Jacqueline luttait pourtant, la pauvre petite ; mais elle luttait seule, comme on la laissait le plus souvent, tous ces jours-ci. M. d'Artaxia, que ses devoirs retenaient à Paris, ne la pouvait plus aider de ses lumières. La bonne femme Legris l'y était de même par son déménagement – étant convenu que tous les Legris, tant Lallavain que les autres, et ceux de l'avenir, vivraient désormais ensemble à Larigo, dans une grande villa, loin des La Mortagne, avec un beau jardin où riaient des fleurs, où de l'eau partout ruisselait dans des rocailles. Le baron enfin, qui liquidait de plus en plus, était retenu la plupart du temps dans ses bureaux, ou à la Bourse.

On a déjà remarqué que sa tendresse pour Jacqueline avait pris, depuis deux ou trois mois, une figure plus conforme à son âge. Peut-être que cet enfant à venir lui sacrait la jeune femme, en quelque sorte. Peut-être qu'elle-même ne l'entraînait plus en ces jeux cruels, où c'est la souris qui épuise le chat à se faire convoiter sans se faire prendre.

Isidore, de son côté se laissait de plus en plus acoquiner au Casino par les caprices d'une chance inégale. Et quant à Marie-Louise, chaque jour mieux détachée d'une sœur qui lui était restée trois ans étrangère, elle l'abandonnait pour Mme d'Érèse.

Les yeux brûlés, farouche, amaigrie, et toujours adorable, la plus jeune des La Mortagne ne quittait plus la villa de Florinde – cependant que sa mère, dévorée à d'autres feux, passait sa vie à s'insulter elle-même au pied des autels, et que M. La Mortagne, homme carré, veillait d'un œil assyrien sur ses lignes, le long de la rivière.

Du reste, Jacqueline pardonnait mal à Mme d'Érèse de lui voler ainsi sa petite sœur – aujourd'hui surtout qu'elle-même en avait que faire – et de la lui voler au profit de divertissements qu'elle désapprouvait. N'était-ce pas trop déjà que, le jour de ses noces, elle eût enlevé Guillaume de Crissey ? Car le spahi, plus profondément qu'elle ne se l'était dit encore, lui tenait au cœur, et, chaque jour qu'elle passait sans le voir, un peu davantage.

Que les choses avaient marché – ou volé – depuis qu'elle s'était devinée mère. Il y avait à peine un peu plus d'un mois de cela, et trois semaines tout à l'heure qu'elle était mariée. Ah ! que son enfant au moins pût à jamais lui rappeler Guillaume ! Un doute affreux parfois la perçait comme une aiguille. S'il était de Rosedascù ! Quant au baron, elle était bien sûre... Mais les autres ? Comment savoir ? N'était-ce pas le châtiment déjà, de sa débauche, que sous tant de masques de l'amour, elle n'en démêlât plus le vrai visage.

Jacqueline laissa glisser sur les nattes de son boudoir solitaire le livre qu'elle essayait de lire. Quelques larmes roulèrent le long de ses joues. Elle inclina la tête.

Autour d'elle, le soir tombait, un soir d'automne, humide, presque chaud. Contre les vitres un arbre cognait ses branches jaunies. À travers la porte-fenêtre ouverte sur le parc, on respirait un silence et un air épais, une pénombre d'or. Les feuilles mortes elles-mêmes dormaient sur le sol spongieux, où parfois s'égouttait, avec un bruit sourd, quelque pleur mal essuyé d'une pluie ancienne.

À ce moment, un pas se fit entendre dans les allées – un pas d'homme. Ce ne pouvait être son mari, à cette heure-là. Et d'ailleurs... Puis le pas mordit les marches : Jacqueline se retourna : c'était Guillaume de Crissey.

– Quoi ! c'est vous, Guillaume... sans qu'on vous annonce...

– Je n'ai vu personne ; alors, j'ai fait le tour, au hasard, et je vous trouve, vous voyez...

Il avait refermé les battants, roulé un pouf à côté de la jeune femme. Et ni l'un, ni l'autre, n'ajouta rien tout d'abord : peut-être, avaient-il trop de choses à se dire, de ces choses qui s'habillent malaisément avec des mots.

– Il y a longtemps, que je ne vous ai vue, murmura-t-il enfin.

– Oui, depuis le jour où... vous avez... où vous êtes parti avec Mme d'Érèse.

– C'était le jour de votre mariage.

– Je me rappelle.

Guillaume regarda Jacqueline, qui détourna les yeux.

– Vous avez pleuré, Jacqueline ?

– Non !

Il prit sa main, une petite main, toute glacée, qui se déroba.

– Non, je vous assure... monsieur.

– Ne me dites pas : Monsieur, je vous en prie. Ça n'a pas l'air vrai.

– Mme d'Érèse sait mieux comment vous appeler, sans doute. Quelle femme charmante ! Est-ce vrai qu'elle aime à recevoir, autant qu'on le dit ? Vous venez de chez elle, j'en suis sûre... vous avez, je ne sais quel air dépouillé...

– Je viens de Paris, Jacqueline. Je suis irrité contre la terre entière, contre moi-même – contre vous.

– Contre moi ?

La jeune femme se leva, en respirant avec force.

– Pourquoi vous êtes-vous mariée ? reprit-il.

– Il me semble que vous le savez. Qui mieux que vous... ?

– Je *croyais* savoir.

– Et puis, ça vous était si égal, mon mariage.

– Je vous trompais, peut-être. Je me trompais. Aujourd'hui, je reviens à moi ; et rien que de m'imaginer votre chair, – tous vos membres, – aux bras d'un autre ; et qu'à défaut d'amour le plaisir, peut-être, vous tire ces mêmes cris de tendresse que vous m'avez criés naguère... ah ! Jacqueline...

Comme un oiseau contre un mur, son éloquence se cogna au mutisme de la jeune femme. À son tour, fixant sur lui, des yeux redevenus secs :

– Vous mentez, fit-elle d'une voix singulière ; et vous mentez mal. Vous n'avez jamais été jaloux – de moi.

Tous deux de nouveau se turent. On n'entendit plus, à travers le tic-tac d'un cartel, confusément, qu'une servante qui, dans le salon voisin, se divertissait sans doute, voiturant des fauteuils à roulettes.

Elle venait de s'y mettre, tout juste, et l'on eût dit parfois que, dans sa hâte à réparer le temps perdu, elle en roulait deux ou trois ensemble.

– Alors, reprit le spahi, qui cherchait un peu ses mots, vous ne me croyez pas ?

– Jacqueline secoua la tête. De son côté, la servante heurta avec force un objet anonyme métallique, retentissant ; et poussa un cri étouffé. Jacqueline tressauta :

– Mon Dieu !...

– Qu'est-ce que ça peut bien être ? songeait malgré lui Guillaume : on dirait un tub...

– Non, reprit la jeune femme, je ne vous crois pas.

Et le roulement de fauteuils ayant repris, elle ajouta, sans transition :

– Est-ce que vous avez vu le jongleur maladroit ?

Le dialogue dérapait. Guillaume donna un coup de volant et retrouva la direction :

– Quel père, dit-il tout à coup d'un air sombre, vous *lui* avez donné !

Ces mots firent balle. Jacqueline, touchée au cœur, lui jeta en retour, de toute sa force :

– M. Rosedascù ne s'en est pas plaint, lui !

– Jacqueline !

Debout, lui aussi, il l'avait saisie dans ses bras ; il cherchait ses lèvres menteuses pour les baiser ou pour les mordre – pour les faire taire. Il les trouva.

– Guillaume, non, laissez-moi. Mon mari... Et si cette fille... Vous n'avez donc pas peur ?...

– Peur, répondit-il, en l'attirant plus près de la chaise longue ; mais oui, quelquefois : en rêve...

Jacqueline, dont la tête se perdait un peu, répéta sans comprendre :

– ... En rêve...

– Quand je rêve que vous ne m'aimez plus.

– Non, mon amour... je ne vous aime plus.

Tout près de prouver le contraire, elle s'en défendait encore :

– Guillaume... enfin... vous oubliez que je suis mariée à présent.

Nul doute qu'il l'oubliât. Alors, à voix plus basse, elle lui dit :

– Vous n'avez même pas mis le verrou.

Le spahi, qui avait sur la langue une réponse un peu vive, aima mieux laisser parler les choses. Hélas, elle ne se turent point. Comme si la servante, de l'autre côté, eût voulu lutter contre l'oubli, un étrange et multiple vacarme, en ce même moment, jaillit et s'éparpilla dans le salon : guéridon qui tombe, porcelaine en poudre, gerbe de bibelots épars... Et Jacqueline, à cette fois, fut prise de fou rire.

– Non, articula-t-elle entre deux arpèges, cette fille a bu, c'est pas possible. Laisse-moi au moins la renvoyer à l'office.

Crissey, vaincu, la tête basse, l'entendit s'enfuir et s'exclamer sur le dégât. Cependant, dans le parc, un merle aussi éclata de rire, en rasant, du noir de son vol, les herbes.